Bodo Königsmann

Die Abenteuerlichen Fälle

des

Terry Lomes

Die Geistergans vom Epplesee

Ich möchte mich auf diesem Wege bei den Terry Lomes Fans der ersten Stunde bedanken.

Danke für euren Zuspruch und eure Kritik.

Terry Lomes

Die Geistergans vom Epplesee

Der Vollmond stand hell leuchtend überm Epplesee und dem angrenzenden Moor. Kein Wölkchen trübte den Nachthimmel. Die Luft war angenehm warm und erlaubte den Pflanzen ihren würzigen Duft zu verbreiten. Graf Ferdinand von Forchheim, ein dunkelbrauner Boxerhund, der trotz seiner kräftigen Statur sehr vornehm wirkte, stand mit seinem Diener Fritz, einem schwarzen Pudel, am Epplesee und betrachtete den Vollmond, wie er sich im See widerspiegelte. „Ist das nicht ein wundervoller Anblick, Fritz, wie gemalt." „Ja, Herr Graf, sie haben recht", erwiderte Fritz wenig begeistert und schaute sich ängstlich um. „Herr Graf, ich will ja nicht drängeln, aber wir sollten weitergehen, es liegen mindestens noch 20 Minuten

Fußmarsch vor uns und irgendwie habe ich ein ungutes Gefühl". „Ach Fritz, sie und ihr ungutes Gefühl", sagte der Graf und lachte dabei, „was soll denn schon passieren?" „Ich möchte Herrn Graf daran erinnern, dass sie morgen früh ein Treffen mit Bürgermeister Bach haben." „Ja, ja, Fritz, sie haben ja recht", sagte der Graf und sie gingen weiter. Nachdem sie fünf Minuten gegangen waren, hörten sie plötzlich markerschütternde Schreie, gefolgt von einem irren Gelächter. „Was war das?" fragte Fritz und zitterte am ganzen Leib. „Ich weiß es nicht", erwiderte der Graf und schaute sich um. „Da erlaubt sich wohl jemand einen Scherz mit uns, mein Lieber. Kommen sie, wir gehen weiter, ich lass mich doch von niemanden ins Boxhorn jagen." Sie waren gerade einmal zehn Schritte gegangen, als sie plötzlich und unvermittelt von Nebel umgeben waren. „Von wo kommt der Nebel jetzt plötzlich her?" fragte der Graf und konnte seine Angst, die sich in ihm breitmachte, nicht mehr verbergen.

Im nächsten Moment ertönten wieder diese unheimlichen Schreie und das irre Gelächter. „Herr Graf, ddda", stotterte Fritz ängstlich und zeigte in den Nebel. Der Graf schaute in die Richtung und sah die grünlich leuchtende Gestalt mit ihren riesigen rotglühenden Augen, die über dem Nebel schwebend auf sie zukam. „In Deckung, Fritz", rief der Graf und versetzte seinem Diener einen Stoß, dass dieser hinfiel. Der Graf selbst hatte keine Zeit mehr, sich in Sicherheit zu bringen, denn im nächsten Moment stand diese grauenhafte Gestalt über dem Nebel schwebend vor ihm, packte ihn, hob ihn kurz in die Luft und ließ ihn wieder fallen. Wie ein lebloses Bündel fiel der Körper des Grafen zu Boden und rührte sich nicht mehr. „Ich werde mir einen nach dem anderen von euch holen", sagte die Gestalt mit dunkler, drohender Stimme, verfiel anschließend wieder in dieses irre Gelächter und verschwand.

Zwei Wochen später

„Schach", sagte Dr. Watts und sein Körper zitterte leicht vor Aufregung und Vorfreude, denn es war das erste Mal, dass er Terry Lomes am Rande einer Niederlage hatte. „Na Lomes, überrascht was? Und wie's aussieht auch bald matt." „Wohl eher platt, Watts, wohl eher platt", erwiderte Terry Lomes und schaute verdutzt auf das Schachbrett. Mit leicht angespannter Yorkshire Terrier – Mine ging er seine nächsten 3 Züge im Geiste nochmals durch. „Manchmal, lieber Watts, macht uns die Vorfreude auf den bevorstehenden Sieg blind für die Realität und man steht am Ende mit leeren Händen da". „Ach Lomes, ich fürchte dieses Mal helfen Ihnen noch nicht einmal Ihre klugen Sprüche aus der Patsche. Machen sie mal Lomes, bin gespannt, was ihnen einfällt."
5 Züge später war das Spiel beendet und Doktor Watts schaute betröppelt auf das Schachbrett.

„Wie konnte das Geschehen, ich habe doch jeden meiner Züge genaustens bedacht" meinte Doktor Watts. Sein grau getigertes Katzenfell bauschte sich zur doppelten Größe auf. „Das mag ja schon sein, lieber Doktor, aber sie haben meine Möglichkeiten außer Acht gelassen und das, mein Lieber, sollte man nie tun. Weder im Spiel noch im Leben. Lasse nie die Möglichkeiten deines Gegners außer Acht, denn er wird sie nutzen." „Sie wissen aber auch auf alles eine Antwort, mein Freund, aber das tröstet mich trotz allem nicht." Terry Lomes schaute auf die große Standuhr im Salon, als es klopfte, Miss Leika eintrat und einen Mahagonifarbenen Rollwagen vor sich herschob, auf dem eine Erdbeertorte thronte. Als Dr. Watts die Torte sah, glätteten sich seine angespannten Gesichtszüge und die Vorfreude auf diesen Gaumenschmaus ließ ihn die Niederlage vergessen.

„Ein Tässchen Earl Grey mit Sahne und ein Stück von Miss Leikas selbstgemachter Torte, Lomes, sagen sie selbst, gibt es etwas Schöneres? Miss Leika, Sie sind ein Engel und die Torte ein Geschenk des Himmels."
Miss Leika, eine hellbraune Boxerhündin, die ein schwarzes Kleid, eine weiße Rüschenschürze und schwarze Schuhe trug, war die Haushälterin von Terry Lomes und Doktor Watts. Sie drehte sich um. „Lieber Doktor, habe ich vielleicht Flügel oder einen Heiligenschein? Was die Torte anbetrifft, mein Lieber, so was bekommen sie im ganzen Himmel nicht." Terry Lomes und der Doktor konnten sich ein Schmunzeln nicht verkneifen. Das habe ich gesehen, sagte Miss Leika, in ihrer eigenen humorlosen Art, deckte den Tisch, tat jedem ein Stück Torte auf den Teller, schenkte Tee ein und verließ den Salon ohne ein weiteres Wort. „Sie ist schon ein Original", lachte Terry Lomes, „aber unersetzbar". Doktor Watts stimmte dem kopfnickend zu und genoss das erste Stück Torte.

Nachdem jeder drei Stück Torte und zwei Tassen Tee zu sich genommen hatte, begann, jeder für sich, in seiner Nachmittagsausgabe der Times zu lesen. „Unfassbar" sagte Terry Lomes, „Watts, blättern sie mal auf Seite acht." Der Doktor tat wie ihm geheißen und las laut vor: „Wie die Times heute Morgen erfuhr, verschwand die Leiche des vor drei Wochen verstorbenen Illusionisten und Magiers Spaghetto mitsamt seinem Sarg spurlos. Die Polizei in seiner Heimatstadt Rom, in der der berühmte Magier morgen beigesetzt werden sollte, steht vor einem Rätsel. „Leichenraub!" sagte der Doktor angewidert. Die Verbrecher von heute machen vor nichts mehr halt. Terry Lomes konnte dem nur beipflichten.

Miss Leika war gerade dabei, das Abendessen vorzubereiten, als die Glocke an der Haustür betätigt wurde. Miss Leika öffnete und war erstaunt: Sir Mortimer und eine Dame standen vor ihr. „Guten Tag Miss Leika, wir würden gerne zu Mister Lomes und Doktor Watts.

„Die Herrschaften befinden sich im Salon, Sir, wenn sie mir bitte folgen würden, entgegnete Miss Leika und führte Sir Mortimer und seine Begleitung in den Salon. Terry Lomes und Doktor Watts waren immer noch in ihren Zeitungen vertieft, als es an der Tür klopfte. Ja, sagte Terry Lomes und beide sahen von ihren Zeitungen auf. Die Tür wurde geöffnet und Miss Leika führte Sir Mortimer und seine Begleitung in den Salon. „Sir Mortimer, schön sie zu sehen, sagte Terry Lomes, wenngleich ich auch gestehen muss, dass mich ihr Besuch doch ein wenig überrascht. „Das glaube ich ihnen aufs Wort, antwortete Sir Mortimer, ein 65 Jahre alter Rottweiler, der einen grauen Anzug und ein weißes Hemd mit schwarzer Krawatte trug. Miss Leika verließ den Raum und schloss die Tür hinter sich. „Darf ich vorstellen, das ist Marie von Forchheim, mein Patenkind und das sind Mister Lomes und Doktor Watts. Man begrüßte sich höflich.
Marie von Forchheim, eine ganz in schwarz gekleidete Boxerhündin, war die Trauer

anzusehen. Ihre Augen waren rot von den vielen Tränen, die aus ihnen flossen.
„Wollen wir uns setzen, fragte Doktor Watts und führte die Gäste an den großen Tisch im Salon. „Möchten sie etwas Tee oder Wasser? „Tee wäre genau das Richtige Doktor Watts, sagte Sir Mortimer und Marie von Forchheim nickte kurz. „Vielleicht ein Stück Torte dazu, fragte Terry Lomes, was aber von beiden verneint wurde. Terry Lomes läutete nach Miss Leika, die sofort mit zwei Teegedecken zurück war. Nachdem der Doktor den Tee eingeschenkt hatte, sah Terry Lomes fragend Sir Mortimer an. Sir Mortimer, was verschafft uns den die Ehre ihres Besuches, fragte Terry Lomes, der seine Neugier nicht mehr zügeln konnte. „Wir benötigen ihre Hilfe, erwiderte Sir Mortimer knapp. „Ich werde ihnen gleich Rede und Antwort stehen, aber lassen sie mir bitte zwei, drei Minuten Zeit.
„Selbstverständlich entgegnete Terry Lomes. So konsterniert hatte er den Chef von Scotland Yard noch nie gesehen. Doktor Watts dachte das gleiche,

dass sah Terry Lomes ihm an. Nachdem fünf Minuten des Schweigens, die für Terry Lomes und den Doktor wie eine Ewigkeit vorkamen, vergangen waren, fing Sir Mortimer an, vom Tod Graf Ferdinands von Forchheim zu erzählen. Er erzählte alles, was Fritz, der Diener ihnen berichtet hatte.
„Und vor zwei Tagen wurde der Bruder des Grafen, Graf Erwin von Forchheim auf die gleiche Weise ermordet. Also war Graf Erwins Diener auch zugegen, als der Mord geschah und er berichtete dasselbe wie Fritz der Diener, schlussfolgerte Terry Lomes.
Ja, Martin, Graf Erwins Diener, war Zeuge des Mordes. „Das Sonderbare dabei ist aber, dass Martin die ganze Zeit neben Graf Erwin stand und trotzdem am Leben gelassen wurde, ergänzte Sir Mortimer.
„Was war denn die Todesursache?
„Lieber Doktor, das konnte bisher nicht festgestellt werden, weil die Körper von innen nach außen verbrannt sind. Marie von Forchheim brach in Tränen aus.
Weinkrämpfe schüttelten sie.

Miss Leika und Doktor Watts brachte sie in ein Gästezimmer und der Doktor gab ihr ein leichtes Beruhigungsmittel. Miss Leika blieb bei ihr, der Doktor ging zurück in den Salon.
„Wie ist das zu verstehen Sir Mortimer, von innen nach außen verbrannt? „Ich habe so etwas noch nie gesehen Doktor Watts, entgegnete Sir Mortimer gedankenverloren. „Das müssen sie selbst sehen, ich kann es ihnen nicht erklären. „Und die hiesige Polizei, hat sie schon irgendwelche Anhaltspunkte? „Die tut sicherlich ihr Bestes Mister Lomes, hat aber noch keine Spur, der man nachgehen könnte. Nachdem die ortsansässige Polizei vor lauter Angst noch nicht einmal mehr in die Nähe des Epplesees geht, hat man Interpol Deutschland eingeschaltet, aber Kommissarin Colombo ist allein auf sich gestellt und das sind keine guten Voraussetzungen, um weiteres Unheil zu vermeiden und den Fall Aufzuklären". „Warum haben denn die Polizisten Angst, fragte Terry Lomes.
„Ich verstehe ja schon, dass die Umstände unheimlich sind, aber es traf bisher nur die

Familie von Forchheim. „Na ja, es gibt in Forchheim die Sage der Geistergans vom Epplesee, aber ich kenne die Sage nicht. „Das Einzige, was ich ihnen sagen kann, ist, dass ihr Erscheinen genau auf das Datum trifft, an dem Graf Ferdinand ermordet wurde. Das ist interessant, sagte Terry Lomes und kratzte sich am Kopf. „Dann haben wir es also mit einem Geist zu tun, oder besser gesagt mit jemandem, der sich als Geist tarnt, um seine Verbrechen zu begehen und dabei unerkannt bleibt. Sir Mortimer schaute zu Doktor Watts. „Doktor, wie schaut es mit Marie aus? Kann sie mit mir gehen? Nein Sir Mortimer, sie schläft gerade. „Miss Leika kümmert sich um sie. Ich würde sagen, bevor wir morgen nach Forchheim fahren, bringen wir sie zu ihnen". „Ich fürchte, Marie wird morgen mit ihnen zurück nach Forchheim reisen, das hat sie zumindest vorgehabt und wie ich sie kenne, wird sie sich von einem Schwächeanfall nicht aufhalten lassen. Was sie sich in den Kopf gesetzt hat, setzt sie auch um, da ist sie wie ihr Vater".

„So, ich werde dann mal aufbrechen.
Sir Mortimer stand auf, reichte dem Doktor und Terry Lomes die Hand und verließ das Haus. Was halten sie von diesem Fall, Watts, fragte Terry Lomes und stopfte sich eine Pfeife. „Unheimliche Geschichte, muss ich schon sagen. Nebel der aus dem Nichts auftaucht, glühend rote Augen, verkohlte Leichen, ohne Einwirkung von Feuer.
Lomes, auf den ersten Blick schaut es wirklich nach einem Geist aus". Terry Lomes zündete den Tabak in seiner Pfeife an. „Auf den ersten Blick schon, deshalb werden wir etwas genauer hinschauen, Watts. Miss Leika betrat den Salon. „Die junge Dame ruht. Ich mache ihnen das Abendessen, bevor ich wieder nach ihr schaue". „Das wäre lieb von ihnen, Miss Leika. Miss Leika, wir werden morgen die junge Dame nach Deutschland begleiten".
„Ich nehme an, Urlaub werden wir dort nicht machen, Mister Lomes? „Richtig, Urlaub werden wir dort nicht machen. Terry Lomes berichtete von den Ereignissen in Forchheim.

„Miss Leika, packen sie bitte alles nötige ein, sie wissen, was ich meine. „Spezialausrüstung Mister Lomes, ich weiß, entgegnete sie und verließ den Salon, um wenig später das Abendessen zu servieren.

Forchheim

„Ich kann sie wirklich nicht überreden, bei uns im Herrenhaus zu wohnen, Mister Lomes? Nein meine liebe Marie, das können sie nicht. „Wie besprochen, wird Miss Leika bei ihnen bleiben und auf sie aufpassen.
Die Abteiltüre wurde geöffnet und der Schaffner, ein schwarz-weiß gefleckter Kater in blauer Uniform, betrat das Abteil.
„Meine Herrschaften, in wenigen Minuten erreichen wir Karlsruhe. Ich werde mich, wenn sie möchten, um ihr Gepäck kümmern.
„Das ist nett von ihnen, sagte Marie von Forchheim. Wenn sie das Gepäck bitte zum Bahnhofsvorplatz bringen könnten, wäre ich ihnen sehr dankbar. Dort wartet unser Automobil".

Sehr wohl erwiderte der Schaffner und verließ das Abteil. Am Karlsruher Bahnhof angekommen, stiegen Miss Leika, Marie von Forchheim, Doktor Watts und Terry Lomes aus und gingen direkt zum Bahnhofsvorplatz, wo sie schon von Luther, einem braunen Hengst im schwarzen Frack und ebenso schwarzen Zylinder erwartet wurden, der vor einem sechssitzigen Automobil stand. Neben ihm stand eine braun-weiß-schwarz gefleckte Bernhardinerhündin, die ganz in schwarz gekleidet war. Marie von Forchheim strahlte übers ganze Gesicht. Hallo Erika, rief sie, ging auf die Dame in schwarz zu und umarmte sie. „Hallo Marie, wie geht es dir? „Schon besser als gestern. Und dir? Du schaust auch nicht gerade großartig aus". „Danke Marie, wie immer, direkt und charmant. Marie von Forchheim drehte sich um. Darf ich vorstellen. Das ist Kommissarin Erika Colombo. Sie ist mit dem Fall betraut worden. Und das sind Mister Lomes, Miss Leika und Doktor Wattts".
Man reichte sich die Hände und begrüßte sich herzlich.

„Dann arbeiten wir also mit ihnen zusammen, sagte Terry Lomes, an die Kommissarin gewandt. Ja, erwiderte sie. Ich bin wirklich froh darüber, denn das Ganze wächst mir langsam über den Kopf. Es ist alles so unheimlich und bedrückend. „Das kann ich mir vorstellen, entgegnete Terry Lomes. Ich nehme an, sie kannten die Opfer"?
Die Kommissarin nickte nur. „Erika und ich sind seit der Schulzeit befreundet, auch als sie zu Interpol ging, schrieben wir uns Briefe oder telefonierten miteinander. Als der Schaffner das Gepäck brachte und es zusammen mit Luther verstaute, gab ihm Marie von Forchheim ein großzügiges Trinkgeld, das ihn strahlen ließ. Danke Fräulein, sagte er und ging. „Ach, sagte Marie von Forchheim, das hätte ich fast vergessen. Das ist Luther, die gute Seele unseres Hauses. Er ist Fahrer, Gärtner, Butler und wenn es sein muss auch Koch. Er ist schon ewig bei unserer Familie".
„Luther, Miss Leika wird die nächste Zeit bei uns wohnen. Freut mich, sagte Luther etwas schüchtern.

Mich auch, erwiderte Miss Leika und reichte ihm die Hand. Terry Lomes und der Doktor folgten ihrem Beispiel. „Wo soll es hingehen, fragte Luther. „Zuerst zum Landgasthof in Forchheim und anschließend nach Hause. Kurz darauf fuhr Luther los. Terry Lomes gingen viele Fragen durch seinen Kopf, die er der Kommissarin gerne gestellt hätte. Doch solange Marie von Forchheim bei ihnen war, würde er es sich verkneifen, denn sie hatte schon genug gelitten. Die Fahrt dauerte etwa 30 Minuten, in denen kaum gesprochen wurde und so war jeder froh, als man den Landgasthof zum Goldenen See erreichte. Der Landgasthof war ein zweistöckiges Backsteingebäude. Im Erdgeschoß befanden sich die Küche, das Lokal und ans Lokal angrenzend der Salon. In den Stockwerken darüber waren die Gästezimmer und die privaten Räumlichkeiten der Besitzerin des Landgasthofes, Else Plapper. So, da wären wir, sagte Marie von Forchheim und stieg als erste aus dem Automobil. Terry Lomes, der als letzter ausstieg, schaute in die Runde.

„Wie wäre es, wenn wir gemeinsam speisen, falls es ihre Zeit erlaubt, liebe Marie?
„Aber gerne Mister Lomes, ich denke, das ist eine gute Idee, zumindest signalisiert mir das mein Magen. Terry Lomes und Doktor Watt gingen gemeinsam mit der Kommissarin zur Rezeption, um sich anzumelden. Nachdem sie ihre Schlüssel erhalten hatten, gingen sie ins Lokal und setzten sich zu den anderen an den Tisch.

Sam Sänger

„Sieben Tagesgerichte mit Nachtisch, sagte die Bedienung, als sie mit der Bestellung in die Küche kam. Ach, übrigens Sam, Marie von Forchheim sitzt im Lokal, sagte sie zum Koch, grinste und ging ins Lokal zurück. Sam Sänger, ein 35 Jahre alter Golden Retriever, wurde ganz nervös. „Gerda, hilfst du mir bitte? Würdest du die Suppen richten, ich kümmere mich derweil um den Auflauf". Mach ich doch gerne, Sam, erwiderte Gerda, eine rot-weiß gefleckte Katze. Kaum war der Auflauf im Ofen, nahm der Koch den Küchenwagen, auf dem sich eine große Suppenterrine, sieben Suppenteller und Löffel befanden, schob ihn ins Lokal und steuerte den Tisch von Marie von Forchheim an. Hallo, meine Damen und Herren, hier ist ihre Suppe. Sam Sänger stutzte. Sie haben siebenmal das Tagesgericht bestellt, sie sind aber nur zu fünft. Ich denke, da ging etwas bei der Bestellaufnahme daneben. Nein, das hat schon seine Richtigkeit, sagte Miss Leika, Doktor Watts und Mister Lomes haben doppelt bestellt. Sie legte ihre Speisekarte zur Seite und schaute auf. „Hallo Sam, wie geht es ihnen? Sam Sänger ließ fast die Teller fallen, die er gerade vom Küchenwagen nahm. „Miss Leika, wwas äh machen sie hier? „Das ist aber eine freudige Begrüßung, Sam, danke. „Entschuldigung, Miss Leika, ich bin einfach nur überrascht, aber ich freue mich riesig, sie zu sehen, ehrlich. Das hoffe ich doch sehr mein Lieber und jetzt die Suppe bitte, bevor sie kalt wird. Nachdem Sam Sänger die Suppe serviert hatte, ging er in die Küche zurück, um nach dem Auflauf zu schauen.

„Sie kennen Sam, ähem, Herrn Sänger?
„Ja, meine Liebe Marie, wir besuchten vor ein paar Jahren zufällig den gleichen Kochkurs. Kochkurs, fragte Doktor Watts mit einem Ausdruck des Erstaunens im Gesicht.
Ja, Spezialkochkurs, entgegnete Miss Leika Suppe löffelnd. Nach dem Lauch-Nudel-Auflauf wurde der Nachtisch, ein Badischer Pudding gereicht. „Sam, sagte Miss Leika, der Pudding ist köstlich, aber warum nennen sie diesen Pudding, Badischen Pudding?
Es ist doch, wenn ich mich nicht irre, ein Erdbeer-Vanillepudding?" Sie irren sich nicht, Miss Leika. „Es sind die Farben gelb und rot, die ihm den Namen verleihen. „Gelb und rot sind die Badischen Landesfarben Miss Leika, vollendete Marie von Forchheim,
Sam Sängers Ausführungen. Vor etwa einem Jahr hatte Herr Sänger die Idee mit dem Badischem Pudding und hat damit einen vollen Erfolg". „Das mmpf, mmpf, verstehe ich mmpf, sagte Doktor Watts, zwischen zwei Löffeln Badischem Pudding. „Miss Leika, könnte ich sie einen Moment sprechen?

Selbstverständlich, Mister Lomes, erwiderte Miss Leika und folgte Terry Lomes nach draußen. „Miss Leika, wenn ich mich nicht irre, haben sie und Sam Sänger die gleiche Vorliebe für Gifte. „Sie irren sich nicht, Mister Lomes. Sam und ich sind beide Schüler von Meister Yang und besuchten vier Seminare Zusammen". „Hat er die gleiche Stufe erreicht wie sie, Miss Leika? Nein, Mister Lomes, er ist zwei Stufen unter mir, aber auf was wollen sie denn hinaus. „Sie glauben doch nicht allen Ernstes daran, dass Sam etwas mit den Morden zu tun hat? „Miss Leika, wenn es sich herausstellen sollte, dass Gift für den Tod, der von Forchheims die Ursache ist, sollten sie mit Sam Sänger zusammenarbeiten und sich gemeinsam um den Schutz von Marie kümmern". „Sie haben Recht Mister Lomes, Sam könnte mir wirklich gut zur Hand gehen und was den Schutz von anbetrifft, wird sich Marie sicherlich freuen, wenn Sam in ihrer Nähe ist". Das Gefühl habe ich auch, sagte Terry Lomes und beiden huschte ein fröhliches Grinsen über ihre Lippen.

Zwei Minuten später kamen die Kommissarin, Marie von Forchheim und Doktor Watts ihnen entgegen. Miss Leika, wir müssen nach Hause, meine Brüder Justus und Egbert werden sicherlich schon dort sein.
Man verabschiedete sich voneinander.
Miss Leika und Marie von Forchheim fuhren mit Luther ins Herrenhaus, Terry Lomes ging mit der Kommissarin und dem Doktor in den Salon. Wie ist unser weiteres Vorgehen, Mister Lomes? Fragte die Kommissarin.
„Zuerst schauen wir uns die Leichen an, wenn dann noch Tageslicht vorhanden ist, sollten wir die Tatorte aufsuchen.

Leichenschau

„Die Leichen befinden sich noch hier in Forchheim. Man wollte sie ursprünglich nach Karlsruhe bringen, was aber am Einspruch von Marie scheiterte". Das erspart uns wichtige Zeit, meinte Terry Lomes.
„Doktor, haben sie alles dabei, was wir benötigen?

Doktor Watts nickte kurz und die drei machten sich auf den Weg.
Der Weg führte die kleine Gruppe die Osentalstraße entlang bis zur Hauptstraße, die man überquerte. Auf der anderen Seite ging es ein kurzes Stück durch den Rosenpark, dann bog man in die Waldstraße ein, lief zur Ludwig-Straße dann zur Egon-Faber-Straße, die wiederum am Faberplatz endete, wo sich die Polizeistation, das Rathaus und die Feuerwehr befanden. Kurz darauf erreichte man die Friedhofstraße, die sie direkt zum Friedhof und zur Leichenhalle führte, wo die Leichen der Grafen von Forchheim lagen. Vor dem Eingang der Leichenhalle stand ein Polizist Wache. Als er die Kommissarin sah, grüßte er freundlich.
„Hallo Hubert, wie geht es ihnen? „Ich kann nicht klagen, Frau Kommissarin. Haben sie Verstärkung mitgebracht? „Wer weiß Hubert, vielleicht sind das ja auch nur Verwandte der Grafen. „Ich dachte nur, weil diese Herrschaften so komisch gekleidet sind,

könnte es Verstärkung sein. Was meinen sie mit komisch gekleidet? Fragte der Doktor verstört. „Na ja, ihre Anzüge sind schon eigenartig, aber die Dinger auf ihrem Kopf, ich habe so etwas noch nie gesehen.
„Die Dinger auf dem Kopf nennt man Melone und was die Anzüge anbetrifft, tragen wir das in London so, erwiderte Doktor Watts. „Entschuldigen sie bitte, ich wollte ihnen nicht zu nahetreten. Schon in Ordnung, entgegnete Doktor Watts und folgte der Kommissarin und Terry Lomes in die Leichenhalle. „Sie dürfen ihm das nicht übelnehmen. Hubert kam meines Wissens nie weiter als Karlsruhe. Die Leichenhalle war ein großer kalter Raum, der im Moment leer war. In der äußeren Wand waren sechs große Fenster, die den Raum mit Tageslicht fluteten, am Ende des Raumes, ungefähr in der Mitte der Wand, befand sich eine weiße Tür. Auf diese Tür gingen die drei zu und die Kommissarin öffnete sie mit einem Schlüssel. So, da wären wir, sagte sie und trat ein.

Der Raum war etwa ein Drittel so groß
wie die Leichenhalle und ebenso hell,
da sich auch hier sechs Fenster befanden.
In der Mitte standen zwei Leichentische,
auf denen die bedeckten, toten Körper
der Grafen von Forchheim lagen.
Dann lassen sie uns mal anfangen, Watts,
sagte Terry Lomes und der Doktor reichte
ihm eine seltsam aussehende Brille.
Was ist das, wollte die Kommissarin wissen.
„Das, meine liebe Kommissarin, ist eine
Lupenbrille, erwiderte Terry Lomes.
„Doktor Watts hat sie vor ein paar Jahren
entwickelt und verbessert sie ständig.
Sie vergrößert alles um den Faktor 60,
also, man sieht alles 60-mal größer als mit
den eigenen Augen. Es gibt nur drei
Exemplare davon". Terry Lomes untersuchte
den Körper von Graf Ferdinand, Doktor Watts
widmete seine Aufmerksamkeit dem
Leichnam von Graf Erwin. Die Untersuchung
dauerte fast zwei Stunden. Am Schluss nahm
jeder noch eine Gewebeprobe und tat sie in

ein Reagenzglas, das dann beschriftet wurde. Kommissarin Colombo schaute Terry Lomes neugierig an. „Haben sie etwas entdeckt, Mister Lomes? Terry Lomes fuhr sich mit den Fingern übers Kinn. „Doktor, waren bei Graf Erwin auch zwei winzige Einstiche am Hals? Ja, war die knappe Antwort. „Ich nehme an, an der Halsschlagader? Der Doktor nickte nachdenklich. Hat man die Leichen gesäubert, Kommissarin Colombo? Nein, nur entkleidet. „Das ist nicht gut, meinte Terry Lomes. Was ist nicht gut, Mister Lomes? Beide Grafen sind binnen Sekunden gestorben, weil weder Urin noch Kotspuren an den Leichen zu finden waren, erklärte Doktor Watts, und das, liebe Kommissarin ist schon sehr seltsam und macht mir offen gestanden ein wenig Angst. Terry Lomes konnte dem nur beipflichten. „Setzen sie doch mal die Lupenbrille auf, Kommissarin Colombo und schauen sie sich bitte mal die Einstiche am Hals der Opfer an. Aber nicht erschrecken, die Lupenbrille ist gewöhnungsbedürftig.

Ich passe schon auf, Mister Lomes, erwiderte die Kommissarin und setzte sich etwas nervös die Lupenbrille auf. Sie ließ sich ihr Erstaunen nicht anmerken, als sie durch die Lupenbrille auf den Leichnam von Graf Ferdinand blickte und alles 60-mal größer sah. Dann schaute sie sich den Leichnam an, ging zum anderen Tisch, sah sich den Hals von Graf Erwin an und blickte erstaunt auf. Die Einstiche sind bei beiden an der exakt gleichen Stelle.
„Ja, sagte Doktor Watts und das bedeutet, dass die ominöse Geistergans genaue Daten bezüglich der Anatomie der beiden Grafen gehabt haben muss. Richtig und das kann nur bedeuten, dass das Ganze von langer Hand vorbereitet wurde, meinte Terry Lomes.
„Wenn es die Zeit erlaubt, Kommissarin Colombo, sollten wir noch die beiden Tatorte aufsuchen. „Das sollten wir noch vor Einbruch der Dunkelheit schaffen, Mister Lomes. Ich denke, wir sind pünktlich zum Abendessen zurück im Gasthof".
Gut, dann lassen sie uns aufbrechen.

Man verließ die Leichenhalle, verabschiedete sich von Hubert, dem Polizisten, einem braun weißem Schaf und ging Richtung Epplesee.
„Warum haben sie vorhin so eigenartig auf Hubert reagier? „Ach, Doktor Watts, Hubert ist die Neugierde in Person und kann nichts für sich behalten. Das geht einem manchmal schon ziemlich auf die Nerven". 30 Minuten später erreichten sie den ersten Tatort.
Hier ist also Graf Ferdinand gestorben, sagte Terry Lomes und schaute sich mit Doktor Watts die Umgebung genaustens an.
„Kommissarin, ich nehme an, das Graf Erwin in unmittelbarer Nähe der Geistergans zum Opfer fiel? „Ja, Mister Lomes, etwa 50 Meter von hier, erwiderte Kommissarin Colombo.
„Das dachte ich mir." Warum dachten sie sich das, Lomes? Wenn sie sich umschauen Watts, müsste ihnen auffallen, dass sich hier auf einer Länge von ungefähr 100 Metern kein Baum oder hohes Gestrüpp befindet.
„Das wiederum bedeutet, freies Sichtfeld für die Geistergans und keine Möglichkeit

sich zu verstecken, für die Grafen."
Kommissarin Colombo schaute Terry Lomes erstaunt an. „Das ist mir gar nicht aufgefallen, dabei gehörte das zu meiner Ausbildung bei Interpol. „Das kann passieren, meine Liebe. Sie dürfen nicht vergessen, dass sie hier aufgewachsen sind, da nimmt man die Dinge anders wahr". „Sie haben wohl Recht, Mister Lomes, aber das ist nicht entschuldbar.
Ich mache Fehler und das sollte nicht passieren". „Zweifeln sie nicht, Kommissarin, denn Selbstzweifel verschaffen ihrem Gegner einen, nicht zu unterschätzenden, Vorteil.
„Fehler machen verschafft ihm auch einen Vorteil, Mister Lomes. „Richtig, aber Fehler können sie ab jetzt vermeiden. Selbstzweifel jedoch bleiben und ziehen sich wie ein roter Faden durch die Ermittlungen". Da haben sie wohl Recht, Mister Lomes, erwiderte die Kommissarin. „Ich würde sagen, wir gehen zurück zum Gasthof und sie erzählen uns etwas mehr über die Sage von der Geistergans vom Epplesee, Kommissarin.

Aber erst nach dem Abendessen, wand Doktor Watts ein. Natürlich, lieber Doktor, wir werden zuerst in aller Ruhe speisen und uns dann wieder um den Fall kümmern, erwiderte Terry Lomes.

Die Sage von der Geistergans

„Das Abendessen war vorzüglich, Sam. „Danke, Mister Lomes. Sam Sänger strahlte wie ein Honigkuchenpferd und wollte gerade gehen. „Sam, ich hätte da noch eine Bitte an sie. „Ja, wie kann ich ihnen zu Diensten sein? „Würden sie bitte morgen früh dieses Päckchen zu Miss Leika bringen, wenn es ihnen nichts ausmacht? „Selbstverständlich, Mister Lomes. Soll ich ihr etwas ausrichten"? „Nein, sie weiß dann schon bescheid. „Danke schön, Sam. „Bitte, gern geschehen. „So, wir gehen nun in den Salon und sie, liebe Kommissarin Colombo, erzählen uns alles, was sie über die Sage der Geistergans vom Epplesee Wissen. Vorher jedoch werden der

Doktor und ich uns eine Pfeife stopfen. Das hilft uns bei der Konzentration".
Nachdem der Honigtabak entzündet wurde, begann die Kommissarin zu erzählen.
"Vor 200 Jahren lebte in Forchheim ein gewisser Festus Pestus, der im Ruf stand, ein Schwarzmagier zu sein. Man erzählte sich auch, dass er Tieropfer darbrachte, was beides aber niemals bewiesen werden konnte. Eines Tages jedoch verschwand ein junges Mädchen spurlos aus dem Dorf.
Im Laufe der nächsten vier Wochen verschwanden weitere drei Mädchen spurlos. Man suchte alles ab. Den Wald, den See, die Wiesen und Felder, ja sogar die Dörfer in der Nachbarschaft, fand aber keines der Mädchen. Also suchte man Graf Hugo von Forchheim auf und bat ihn um Hilfe.
Die Dorfbewohner waren sich sicher, dass Festus Pestus hinter dem Verschwinden der Mädchen steckte, hatten aber Angst, selbst hinzugehen und ihn zur Rede zu stellen.
Graf Hugo, zwei seiner Diener und drei

wagemutige Dorfbewohner, der Schmied Egon Faber, der Bauer Hans Ludwig und Schneider Hans Osental gingen zusammen zu Festus Pestus. Festus Pestus war ein großer Schwarzer Kater mit blutunterlaufenen Augen und einer unheimlichen Aura. Man erzählte sich, dass er nachts grünlich schimmern würde. Der Graf und seine fünf Begleiter stellten Festus Pestus und fragten ihn nach dem Verschwinden der Mädchen. Er stritt alles ab, aber man glaubte ihm nicht. Man durchsuchte seine Hütte und fand einen Teil der Kleidung, die die Mädchen bei ihrem Verschwinden trugen. Er stritt immer noch alles ab, behauptete, man hätte ihm die Kleidungsstücke untergeschoben, um ihn zu belasten. Als man ihn gefangen nehmen wollte, entbrannte ein erbitterter Kampf, bei dem die beiden Diener des Grafen ums Leben kamen. Der Übermacht unterlegen, starb Festus Pestus. Bevor er starb, sagte er, dass in genau 200 Jahren eine Geistergans die Einwohner von Forchheim heimsuchen

und das Geschlecht derer von Forchheim für alle Zeiten auslöschen würde.
Dann kam plötzlich aus dem Nichts ein undurchdringlicher Nebel und Festus Pestus starb mit einem irren Gelächter. Als der Nebel sich wieder lichtete, war die Leiche des Schwarzmagiers verschwunden".
„Wurden die Mädchen gefunden, fragte Terry Lomes, nach einer Minute des Schweigens. Darüber ist nichts bekannt, warum fragen sie? „Na ja, es könnte durchaus sein, dass es den falschen getroffen hat, Kommissarin Colombo. Doktor Watts schüttelte seinen Kopf. „Sie haben vielleicht Gedankengänge Lomes. Ob er sie nun getötet hat oder nicht, ist doch jetzt völlig belanglos". „Das wird sich noch erweisen, Watts. „Ist überliefert, wie die Diener zu Tode kamen? „Nein, Mister Lomes, davon steht nirgendwo etwas, warum fragen sie danach? „Wir haben den Zeitpunkt des Erscheinens der Geistergans, dann den Nebel, das irre Gelächter, das grünliche Leuchten und die rotglühenden Augen, aber keinerlei

Hinweise auf die, wie soll ich sagen, mysteriöse Todesursache". „Was wollen sie damit sagen, Lomes? „Nicht der Tod der Grafen versetzt die Forchheimer Bürger in Angst und Schrecken, sondern die grauenhafte Weise, ist der Auslöser dafür und das setzt jemand ganz gezielt ein, Watts. „Kommissarin Colombo, hat Graf Erwin Familie"? „Graf Erwins Familie kam bei einem tragischen Unglück ums Leben. „Wie starben sie? „Sie sind ertrunken, Mister Lomes. Graf Erwins Frau machte mit den drei Kindern Urlaub in den USA und sind dort beim Baden im Meer ertrunken. Die Polizeibehörde vor Ort geht davon aus, dass die Strömung die Familie aufs offene Meer hinaustrieb und sie dort ertranken". „Wurden alle Leichen gefunden? „Nein, Mister Lomes, der älteste Sohn des Grafen, der, wie sein Vater, Erwin hieß, wurde nie gefunden. Man nimmt an, dass er auf den Meeresgrund gesunken ist und dass Meer ihn wohl nicht mehr hergeben wird".

Terry Lomes nickte nachdenklich.
Kommissarin Colombo begann zu gähnen.
„Entschuldigen Sie bitte, sagte sie müde.
„Schon gut Frau Kommissarin, entgegnete Doktor Watts, es war ein langer Tag, an dessen Ende man schon müde sein darf.
„Wohl wahr Watts, deshalb sollten wir uns etwas Ruhe gönnen, denn wer weiß, was der morgige Tag an Überraschungen für uns bereithält, meinte Terry Lomes.
Hauptkommissarin Colombo verabschiedete sich und ging. „Watts, was wäre, wenn vor 200 Jahren nicht Festus Pestus, sondern ein Mitglied der Familie von Graf Hugo der Täter war und Festus Pestus als Sündenbock herhalten musste? „Das wäre durchaus im Bereich des Möglichen Lomes und würde bedeuten, dass derjenige, der hinter der Geistergans steckt, aus dem Familienkreis derer von Forchheim stammen könnte.
Wir sollten es zumindest in Erwägung ziehen Watts, erwiderte Terry Lomes gähnend.

Miss Leika und die Brüder

Als Luther das Tor aus rotem Sandstein passierte und auf das Anwesen der Familie von Forchheim fuhr, bat Miss Leika ihn kurz anzuhalten, um zu Fuß zum Herrenhaus zu gehen. Sie wollte sich einen ersten Eindruck über den Park verschaffen, um im Notfall mit Marie von Forchheim flüchten zu können. Man muss auf alle Eventualitäten vorbereitet sein, dachte Miss Leika und stieg aus dem Automobil. „Miss Leika, ich begleite sie und werde ihnen alles zeigen, sagte Marie von Forchheim. Luther, sie können schon zum Herrenhaus fahren und Miss Leikas Gepäck auf ihr Zimmer bringen". Luther nickte kurz und fuhr los.

Miss Leika schaute sich um und was sie sah, ließ ihr Herz höherschlagen. Alte Eichen, die mit ihren ausladenden Kronen kühlen Schatten spendeten, wechselten sich ab mit rund angelegten Rosenbeeten, die immer nur in einer Farbe erstrahlten.

Den Rand der Rosenbeete säumten Stauden, die passend zur Farbe der Rosen ausgewählt waren und deren Farben noch intensiver hervorhoben. Rote Rosen, die von gelbem Sonnenhut eingerahmt waren, folgten auf weiße Rosen, die durch das blau des Lavendels besonders hervorgehoben wurden. Den Kontrast zu den gelben Rosen, bildeten orangefarbene Margeriten. Vereinzelt waren große Kirschlorbeerbüsche zu sehen, die sich mit ebenso imposantem Rhododendron abwechselten. Grün gestrichene Parkbänke luden zum Verweilen ein. In der Nähe der östlichen Steinmauer, die das Anwesen abgrenzte, plätscherte ein Brunnen in dem Vögel badeten. Unweit des Brunnens lag ein Teich mit roten und weißen Seerosen. Hummeln, Bienen und Schmetterlinge flogen umher und sammelten fleißig Nektar.
Überall war Vogelgezwitscher zu hören.
Hier kommt man sich vor wie im Paradies, Marie, schwärmte Miss Leika und kam aus dem Staunen nicht mehr raus.

Als sie das Herrenhaus erreichten, kamen ihnen Justus und Egbert, Maries Brüder entgegen. Marie und Justus umarmten sich sofort und man spürte die Freude des Wiedersehens. Egbert hingegen war kühl, abweisend und unnahbar. Ein kurzes nicken war alles, was Marie bekam. Marie stellte Miss Leika vor, die mit einem fröhlichen Hallo" von Justus und einem kalten Blick von Egbert begrüßt wurde. Man ging in den Salon, wo der Kaffeetisch schon eingedeckt war. Während man Kaffee und Kuchen genoss, erklärte Marie ihren Brüdern, den Grund von Miss Leikas Aufenthalt im Herrenhaus.
Egbert schaute Miss Leika verachtend an.
„Sie können gehen, Miss Leika, wir benötigen sie hier nicht. Personal haben wir genug. Und wenn ich nebenbei bemerken darf: Wie wollen sie in ihrem Alter Marie beschützen"? Marie wollte etwas sagen, wurde aber von Miss Leika davon abgehalten. Miss Leika schaute Egbert freundlich an.
„Können sie Fechten, mein Lieber Egbert?

„Selbstverständlich kann ich Fechten, warum?
„Dann fechten wir's doch einfach aus.
Sie haben doch keine Angst, gegen eine alte Dame wie mich zu verlieren"? „Gut, wenn ich gewinne, gehen sie, willigte Egbert ein.
„Selbstverständlich, Egbert. Wenn aber ich gewinne, bleibe ich". Ja, antwortete Egbert knapp. „Miss Leika, Egbert ist ein hervorragender Fechter, er ist Badischer Meister, ich fürchte fast, sie haben keine Chance, sagte Marie. „Das wird sich zeigen Kindchen, erwiderte Miss Leika mit einem Lächeln. Vertrauen sie mir einfach, Marie".
Eine halbe Stunde später begann das Duell.
„Wer zuerst 10 Treffer gesetzt hat, geht als Sieger aus diesem Duell hervor, sagte Egbert.
„Gut, erwiderte Miss Leika.
Die ersten drei Treffer gingen klar an Egbert, der sich immer siegessicherer wurde.
„Wenn sie wollen, Miss Leika, können wir auch gleich aufhören. Dann ersparen sie sich ein peinliches 10 zu 0". „Warum, sie haben doch erst drei Treffer gesetzt, Egbert.

Ich bin fast geneigt zu sagen, das dürften auch die letzten gewesen sein". Egbert lachte nur verächtlich. Das Duell ging weiter und Egbert verging das Lachen. Egal, welche Finte er auch anwendete, Miss Leika parierte und setzte jetzt Treffer um Treffer. Beim Stand von 10 zu 3 für Miss Leika war das Duell zu Ende. Egbert verstand die Welt nicht mehr.
Wie konnte das passieren. Gegen eine alte Haushälterin verloren. Marie dagegen war völlig aus dem Häuschen. „Wie haben sie das gemacht, Miss Leika? „Na ja, Kindchen, ich bin mehrfache englische Meisterin. In der Jugend und bei den Senioren. Wobei ich anfügen muss, dass es bei den Senioren schwerer ist, denn die kennen die meisten Tricks".

Die erste Nacht im Herrenhaus

Das Abendessen wurde in ausgelassener Stimmung eingenommen, da Egbert auf seinem Zimmer blieb. „Miss Leika, wollen wir noch einen Spaziergang im Park machen?

Aber gerne doch, Marie, erwiderte Miss Leika. Als die beiden den Park betraten, atmete Miss Leika tief ein und aus. Kurz darauf sahen sie Luther, der auf einer Parkbank unter einer Eiche saß. Die beiden Damen gesellten sich dazu und man unterhielt sich angeregt.
Die Abenddämmerung ging langsam in Dunkelheit über. Miss Leika wurde plötzlich unruhig. Ihr Bauchgefühl sagte ihr, das etwas nicht stimmte. Sie fühlte sich beobachtet.
„Wir sollten zurück zum Herrenhaus gehen, meine Lieben. Warum, Miss Leika? Es ist doch so schön hier, sagte Marie von Forchheim.
„Lassen sie uns trotzdem gehen, Marie.
Auf dem Weg zurück, schaute sich Miss Leika öfters um. Stimmt was nicht, fragten Marie und Luther fast gleichzeitig. In der Tat, entgegnete Miss Leika, als sie den Nebel sah, der auf sie zukam. Es waren noch 100 Meter bis zur Terrassentür, als das grauenhafte Gelächter erschallte. Die drei rannten los, wobei Miss Leika den Schluss bildete, um Marie und Luther zu schützen.

Sie schaute fast mehr nach hinten als nach vorn und es grenzte schon fast an ein Wunder, dass sie nicht stolperte oder auf Luther auflief, der sich vor ihr befand.
Kurz bevor sie die Terrassentür erreichten, sah Miss Leika den grünlichen Schimmer und die rotglühenden Augen im Nebel, der immer schneller auf sie zukam.
Kaum waren sie im inneren des Salons, schloss Miss Leika mit einem lauten Knall die Tür hinter sich und verriegelte sie.
Justus fiel vor lauter Schreck vom Stuhl und Egbert kam in den Salon gerannt. Miss Leika riss instinktiv Marie zu Boden und schrie den anderen zu, sich ebenfalls hinzulegen.
Die Geistergans stand im Nebel vor der Glastür des Salons und lachte furchterregend. Ihre rotglühenden Augen starrten in den Salon. Glaubt ihr, dass ihr euch vor mir verstecken könnt?" schrie sie und lachte dabei. „Ich kriege euch, einem nach dem anderen." Miss Leika sah einen Schatten im Nebel, sprang auf und riss Egbert zu Boden,

der immer noch stand. Keinen Augenblick zu früh, denn im nächsten Moment flog ein Pfeil durch das Fenster, rechts von der Salon Tür und blieb dort in der Wand stecken, wo kurz zuvor Egbert gestanden hatte. Miss Leika schaute sich um, sah ihr Schwert auf dem Boden liegen und holte es. Zwei weitere Pfeile flogen durch die Glastür des Salons und blieben im Türrahmen stecken. Als der vierte Pfeil das Glas der Salon Tür durchbohrte, brach auch Miss Leikas Schwert durch die Scheibe und traf den Schatten. Der vierte Pfeil blieb im Türrahmen stecken. Von draußen ertönte ein Schmerzensschrei und die Geistergans tobte. Ich kriege euch! Wenn nicht jetzt, dann das nächste Mal!" schrie sie und der Nebel verzog sich mit ihr.
Eine gefühlte Ewigkeit später, wagte man sich im Salon aufzustehen. Egbert umarmte zitternd Miss Leika." Danke, Miss Leika, vielen Dank, sie haben mir das Leben gerettet. Dass werde ich ihnen nie vergessen, dass verspreche ich ihnen hier und jetzt, darauf können sie sich verlassen.

Ich stehe tief in ihrer Schuld." Ist schon gut, Egbert, erwiderte Miss Leika und schaute nach den anderen im Salon. Es wurde zum Glück niemand verletzt. Bitte keinen Pfeil anfassen, denn er könnte vergiftet sein, sagte Miss Leika.
Marie und Justus zitterten am ganzen Körper. „Wir sollten Wachen aufstellen, Miss Leika.
„Sie haben Recht, Luther, das sehe ich genauso. Es wäre nett von ihnen, wenn sie das Übernehmen würden, denn sie kennen die Tiere, die in diesem Hause zugange sind".
Selbstverständlich, Miss Leika, ich werde das sofort organisieren, erwiderte Luther und verließ den Salon. „Egbert, ich würde sagen, dass die Angestellten mit uns gemeinsam die Nacht im Salon verbringen, den sie haben mit Sicherheit genauso viel Angst wie wir.
Egbert nickte zitternd und lief auf und ab. Überall im Haus wurden die Fensterläden Zugemacht und doppelt verriegelt, so dass sie von außen nicht geöffnet werden konnten. Die Salon Tür und das Fenster wurden notdürftig mit Brettern zugenagelt.
Zu jeder vollen Stunde patrouillierten

Zweiergruppen durch das Herrenhaus.
Als dann endlich der Morgen anbrach,
waren alle im Herrenhaus froh, diese
schreckliche Nacht überstanden zu haben.
„So, jetzt machen wir Frühstück, ordnete
Miss Leika an, Ich denke, dass wir alle eine
Stärkung gebrauchen können".
Luther, könnten sie bitte nach dem
Frühstück zusammen mit Martin zum
Landgasthof fahren, um Mister Lomes und
Doktor Watts abzuholen? Luther nickte müde.
Selbstverständlich, Miss Leika. Danke, Luther.

Spurensuche im Herrenhaus

Das Frühstück war hervorragend. Terry Lomes
und Doktor Watts warteten auf Kommissarin
Colombo, mit der sie heute die Umgebung um
Forchheim erkunden wollten.
Die Kommissarin betrat zusammen mit
Luther und Martin, die sie vor dem
Landgasthof traf, das Lokal. „Guten Morgen,
Doktor Watts! Guten Morgen, Mister Lomes!
Ich fürchte, wir müssen, was die Pläne für den
heutigen Tag anbetrifft, umdisponieren."

Luther, der links neben der Kommissarin stand, erzählte Terry Lomes und Doktor Watts von den Ereignissen der vergangenen Nacht. „Dann lassen sie uns keine Zeit verlieren", sagte Terry Lomes und ging Richtung Küche. „Was will er in der Küche? Ich denke, er wird Sam Sänger holen, Frau Kommissarin, antwortete Doktor Watts. Zwei Minuten später kamen Terry Lomes und Sam Sänger in das Lokal. „Sam wird die nächste Zeit im Herrenhaus verbringen und Miss Leika unterstützen, sagte Terry Holmes zur Kommissarin, der ein schelmisches Lächeln über die Lippen huschte, als sie an Marie von Forchheim dachte. „Ich denke, Marie wird sich auch freuen, Mister Lomes. „Wo sie Recht haben, haben sie Recht, meinte Terry Lomes. Kurz darauf verließ man das Lokal und fuhr zum Herrenhaus der Familie von Forchheim. Terry Lomes Gehirn arbeitete auf Hochtouren. Mit dem Angriff auf das Herrenhaus hatte er nicht gerechnet. Die Geistergans war nicht nur überaus gefährlich, sondern auch unberechenbar. Es war nicht nur höchste Vorsicht, sondern auch Eile geboten, denn, umso länger sie ihr Unwesen treiben konnte, umso größer war die Wahrscheinlichkeit, dass die Geistergans ihr Ziel, die Familie von Forchheim auszulöschen, erreicht. Kaum hatten sie das Herrenhaus erreicht, kamen auch schon Marie und Miss Leika auf sie zu. Ich bleibe bei dir Marie und werde dich mit meinem Leben verteidigen, sagte Sam Sänger und nahm Marie in seine Arme. Im Salon angekommen, schauten sich Terry Lomes und Doktor Watts die Pfeile in der Wand an. „Das sind indianische Pfeile, Watts. Um präzise zu sein, von nordamerikanischen Indianern hergestellte Pfeile". „Da kann ich ihnen nur zustimmen, Lomes. Die sind länger als die Südamerikanischen und die Spitze ist dicker". Terry Lomes nickte zustimmend. „Nordamerika, das kann kein Zufall sein, Watts. „Da kann ich ihnen nur beipflichten, Lomes. Miss Leika gesellte sich zu ihnen. „Würden sie uns bitte die Ereignisse des Angriffes der Geistergans schildern, Miss Leika. Miss Leika nickte und begann zu berichten. Terry Lomes hörte aufmerksam zu.

Miss Leika war bemüht, nichts zu vergessen. Als sie ihren Bericht abschloss, schauten sich Terry Lomes und Doktor Watts überrascht an. „Wenn ich sie richtig interpretiere Miss Leika, ging die unmittelbare Gefahr nicht von der Geistergans, sondern von einem Schatten an ihrer Seite aus. „Ja, Mister Lomes.
„Das wiederum würde bedeuten, dass die Geistergans nicht allein arbeitet, schaltete sich Doktor Watts ein. Das bestätigt unsere Vermutungen, Lomes". „Miss Leika, haben sie die Pfeile schon auf Gift untersucht?
„Ja, Mister Lomes und ich kann bestätigen, dass sich Gift an den Pfeilspitzen befindet.
„Ich weiß aber noch nicht welches, dazu war die Zeit zu knapp. Terry Lomes gab Miss Leika zwei Reagenzgläser. „Ich nehme an, das sind die Gewebeproben der beiden Toten Grafen? Ja, Miss Leika, erwiderte Terry Lomes.
Dann werde ich mich mal mit Sam an die Arbeit machen, sagte Miss Leika und verließ den Salon. Terry Lomes winkte Luther zu sich. „Luther, fehlt heute jemand von ihrem Personal?" Ja, Mister Lomes, Gerhard, einer unserer Bediensteten ist heute nicht gekommen.

„Danke Luther. Wenn Gerhard noch kommen sollte, sagen sie mir bitte Bescheid. Watts, wir beide gehen uns jetzt mal im Park umschauen, sagte Terry Lomes und beide gingen durch die Terrassentür hinaus in den Park. „Das gute ist, das heute noch niemand den Park betreten hat, Lomes. „Da haben sie Recht, Watts. „Schauen sie mal, Watts, Blutspuren." „Und hier liegt das Schwert, dass Miss Leika geworfen hat, Lomes."
Die beiden folgten den Blutspuren, die quer durch den Park führten und am Teich endeten, in dessen Nähe sich der Brunnen befand, wo auch eine Leiche lag. Terry Lomes holte Luther und die Kommissarin und Doktor Watts untersuchte währenddessen die Leiche, so gut es ging. Luther sah sich den Toten kurz an. „Ja, Mister Lomes, das ist Gerhard. Das Fell des weißen Pudels war mit Blut getränkt. „Danke Luther, das war alles, was ich von ihnen wollte", sagte Terry Lomes und Luther war froh, dass er wieder gehen konnte. Lomes, Frau Kommissarin, Gerhard wurde nicht durch Miss Leikas Schwert getötet. Es sind erstens, mehrere Einstiche zu sehen

und zweitens, auch in der Kürze der Zeit gut zu erkennen, stammen die Wunden von einem Dolch oder etwas Ähnlichem.
„Watts, das würde bedeuten, dass die Geistergans mehr als einen Gehilfen hat."
„Exakt, Lomes". Die Kommissarin schaute abwechselnd von Terry Lomes zum Doktor. „Wenn sie beide Recht haben, und ich gehe mal davon aus, dass das so ist, könnte es sich bei der Geistergans um eine Bande Handeln."
„Ja, Frau Kommissarin und eine Bande braucht ein Versteck oder ein Hauptquartier. Ich denke, dass irgendjemand aus Forchheim dahintersteckt". „Wie kommen sie darauf, Mister Lomes?" wollte die Kommissarin wissen. „Die Sage der Geistergans dürften nicht viele Tiere außerhalb von Forchheim kennen. Der Mord an Graf Ferdinand fiel genau auf das vorhergesagte Erscheinen der Geistergans. Man kannte die Anatomie der Grafen und noch viel wichtiger, man konnte sie genau dort hinführen, wo man sie haben wollte. Das alles ist bis ins kleinste Detail geplant und braucht eine Längere Vorlaufszeit, um den Erfolg sicherzustellen".

„Ist ihnen aufgefallen, Frau Kommissarin, dass der Rasen im Park stellenweise braun verfärbt ist"? „Ja, das habe ich bemerkt." „Die gleichen braunen Flecken habe ich auch an beiden Tatorten bemerkt, Kommissarin Colombo". „Was kann der Auslöser für diese Flecken sein, Mister Lomes?"
Terry Lomes überlegte, seinem Yorkshire Terrier Gesicht war die Anspannung deutlich anzusehen. „Doktor, Miss Leika sagte doch, dass der Nebel nicht durch die defekte Scheibe kam, wie es eigentlich hätte sein müssen." „Ja, Lomes, aber auf was wollen sie eigentlich hinaus?" „Illusionisten verwenden bei ihren Vorführungen manchmal auch künstlichen Nebel." Das könnte hier auch der Fall sein, Watts. Wäre möglich, Mister Lomes, meinte die Kommissarin. Egbert, der ganz in der Nähe stand, gesellte sich zu ihnen. „Mister Lomes, kann ich ihnen irgendwie behilflich sein?" Im Moment nicht, Egbert, danke. Mister Lomes, ich werde mich mal darum kümmern, ob jemand größere Mengen davon gekauft hat. „Kommissarin, wir sollten die Gegend nach Verstecken absuchen lassen.

Vielleicht haben wir ja Erfolg."
„Werde ich anweisen, Mister Lomes", sagte Kommissarin Colombo. „Das werde ich aber alles von Karlsruhe aus machen, da habe ich mehr Möglichkeiten und kann auch gleich mit den richtigen Tieren sprechen. Ich schicke ihnen aber vorher noch jemand von der Forchheimer Polizei, um den Leichnam von Gerhard abzuholen. Wir sehen uns dann erst wieder morgen Mittag wieder, Mister Lomes.
Die Kommissarin verabschiedete sich und ging zurück zum Herrenhaus, um Luther zu bitten, sie zuerst nach Forchheim und dann nach Karlsruhe zu Fahren. „Ich werde dann mal in mein Arbeitszimmer gehen, die Geschäfte rufen, meinte Egbert und ging.
„Was gedenken sie heute noch zu tun, Lomes?" „Ich denke, wir werden die heutige Nacht im Herrenhaus verbringen und uns die Bediensteten mal genauer anschauen und wer weiß, vielleicht taucht ja die Geistergans wieder auf, was durchaus möglich ist, Watts."

Beobachtungen und andere Fortschritte

Die Tischglocke klingelte und man begab sich

in den Speisesaal, um das Mittagessen einzunehmen. Egbert schaute Terry Lomes fragend an. „Kommen denn Miss Leika und Sam Sänger nicht? „Nein, Graf Egbert. Ich darf Sie doch Graf nennen? Da sie jetzt sozusagen das Familienoberhaupt sind." Egbert nickte kurz. „Miss Leika und Sam Sänger haben, den Fall betreffend, wichtiges zu tun, ich denke nicht, dass sie gestört werden wollen. „Das ist aber sehr unhöflich, Mister Lomes, finden Sie nicht auch? Denn schließlich sind sie ja Gäste bei mir, äh, bei uns, und da nimmt man die Mahlzeiten gemeinsam ein", sagte Graf Egbert, mit einer kälte, die Marie und Justus aufschauen ließ. „Sie haben sicherlich Recht, Graf Egbert, aber das würde ich Miss Leika so nicht wissen lassen", erwiderte Terry Lomes, mit einem Schmunzeln auf den Lippen. Graf Egbert schaute ihn weiterhin mit großen Augen und kalten Gesichtszügen herausfordernd an. Terry Lomes hielt den Blicken des Grafen, gelassen stand.
„Graf Egbert, wir sind nicht zum Vergnügen hier, dass möchte ich nebenbei bemerkt haben.

Von einem Augenblick auf den anderen, änderten sich die Gesichtszüge des Grafen und er wurde fröhlicher. „Gut, dann lassen sie uns bitte gemeinsam Speisen, die beiden können, wenn sie möchten, auf ihrem Zimmer das Mahl einnehmen. Terry Lomes schaute den Doktor an. Ein kurzes, unauffälliges aber zustimmendes Nicken, war die Antwort.
Das Essen war köstlich und man fing an, unbefangen, miteinander zu plaudern.
„Was machen Sie eigentlich beruflich, Graf Egbert?", wollte Terry Lomes wissen.
„Import, Export, Mister Lomes".
„Und mit welchen Waren handeln Sie, wenn ich fragen darf?" „Sie dürfen, lieber Lomes, Sie dürfen", lachte Graf Egbert. „Mit allem, was gebraucht wird und das weltweit.
„Wie finden sie London, Graf Egbert?"
„Zu neblig und bisweilen zu kühl, nicht unbedingt meine Stadt, Mister Lomes.
„Gegenfrage, mein lieber Lomes, wie finden sie Forchheim?" „Oh, schön, wundervolles Klima, wunderschöne Landschaft und bisweilen etwas mörderisch, also ganz mein Geschmack!"

Martin betrat den Speisesaal mit einem Telegramm für Graf Egbert. Nachdem er es gelesen hatte, stand er auf. „Entschuldigung bitte, dringende Geschäfte. Marie, Justus, ich muss sofort verreisen."
„Muss das sein, Egbert?", fragte Marie enttäuscht. „Es duldet keinen Aufschub. Meine Zukunft könnte davon abhängen. Ihr seid ja bei Miss Leika in den besten Händen." „Aber du, Egbert. Was ist mit deinem Schutz?", wollte Marie wissen. „Mir passiert schon nichts, Schwesterherz. Ich muss jetzt leider gehen. Martin, ist Luther schon wieder zurück?" „Ja, Herr Graf."
„Dann sagen sie ihm bitte, er soll bitte das Automobil vorfahren. Ich muss sofort nach Karlsruhe." Sehr wohl, Herr Graf, entgegnete Martin und verließ mit Graf Egbert den Speisesaal. „Das ist typisch Egbert! Immer wenn es brenzlig wird, müssen Geschäfte herhalten", sagte Justus.
„Vielleicht sind es ja wirklich wichtige Geschäfte", wand Doktor Watts ein.
„In letzter Zeit laufen seine Geschäfte eher schlecht. Wie kommst du darauf, wollte Marie wissen.

„Na ja, er hat sich laufend von Vater Geld geliehen, bis Vater ihm schließlich nichts mehr gab."
Die vier beendeten das Mittagessen und Terry Lomes ging mit Doktor Watts in den Salon, um in Ruhe eine Pfeife zu rauchen und dabei nachzudenken.

Miss Leika und das unbekannte Gift

„Sie haben ja ein kleines Labor eingerichtet, Miss Leika." „Haben sie was anderes erwartet, Sam?" „Nein, Miss Leika, wenn sie mich das so fragen, nicht" „Sie wissen ja Sam, man muss gute Voraussetzungen schaffen, um gute Arbeit leisten zu können."
„Sie haben wie immer recht, Miss Leika!"
„So Sam, dann fangen wir mal an.
Zuerst nehmen wir uns die Pfeile vor.
„Die Gewebeproben der Toten Grafen werden etwas warten müssen.
Immer schön eins nach dem anderen."
Miss Leika nahm sechs Reagenzgläser mit verschiedenen Flüssigkeiten und erhitzte diese dann.

Anschließend schabte sie ein wenig vergiftetes Holz von den Pfeilen hinein.
Dann begann sie, Tropfen von anderen Flüssigkeiten in die Reagenzgläser zu geben. Dicke Bücher wurden gewälzt und immer neue Kombinationen der verschiedenen Flüssigkeiten ausprobiert.
Vier Stunden später gingen die beiden kurz in die Küche, um eine Kleinigkeit zu Essen.
In der Küche gesellte sich Terry Lomes zu ihnen. „Das wird eine langwierige Geschichte, Mister Lomes. Solange wir nicht wissen, von welchem Kontinent das Gift stammt, tappen wir sprichwörtlich im Dunkeln.
„Miss Leika versuchen sie es doch mal mit Nordamerika, denn die Pfeile stammen von nordamerikanischen Indianern."
„Danke, Mister Lomes, das hatte ich völlig vergessen. „Miss Leika, eines müssen wir noch bedenken: Da uns kein Gift bekannt ist, das auf diese Weise tötet, könnte es eine Mixtur aus verschiedenen Giften sein."
„Ja, Mister Lomes, daran habe ich auch schon gedacht." „Wenn wir Pech haben, sind Gifte aus verschiedenen Kontinenten in der Mixtur.

„Das, mein lieber Sam, wäre dann wohl das ungünstigste, was uns passieren könnte, sagte Miss Leika". „Ich habe da vielleicht eine Idee, wie ich ihnen helfen kann", meinte Terry Lomes und stand auf. Kurz darauf gingen Miss Leika und Sam Sänger wieder auf ihr Zimmer zurück, um weiterzuarbeiten.
Terry Lomes suchte Justus von Forchheim.
Er ging in den Salon, wo Justus gerade telefonierte. Terry Lomes setzte sich in einen roten Sessel, stopfte sich eine Pfeife, entzündete den Honigtabak und schaute dem Rauch nach, der sich im Raum verteilte.
Justus bemerkte ihn und begann zu flüstern.
Nein, nein, jetzt nicht, das ganze muss Hand und Fuß haben, sonst geht es wieder schief.
Nein, ich kann hier nicht weg, tut mir leid.
Du musst das allein regeln und dieses mal bitte richtig, denn wir können uns ein erneutes Scheitern nicht leisten.
Justus legte den Hörer auf die Gabel.
„Probleme, Justus? „Könnte man so sagen, Mister Lomes. Kann ich ihnen behilflich sein?
„Leider nicht, Mister Lomes.
„Justus, ist ihr Bruder wirklich weltweit tätig?

„Nein, da hat er wieder einmal maßlos übertrieben, Mister Lomes. Egbert ist in Nordamerika, Australien und Europa tätig." „Wissen Sie vielleicht, in welchem Land er sich die letzte Zeit aufgehalten hat?" „Ja, er war fast ein halbes Jahr in Australien, in einer unwirtlichen Gegend, hat er zumindest erzählt." „Wo genau, wissen sie aber nicht?" „Nein, aber er war mit seinen Kräften ziemlich am Ende, als er wieder nach Hause kam." Wissen sie zufällig, was er dort für Geschäfte getätigt hat?" „Nein, Mister Lomes, er hat nur gesagt, dass es von jetzt an bergauf gehen würde". „Sie verdächtigen doch nicht etwa Egbert, Mister Lomes". „Nein, nein, Justus, entgegnete Terry Lomes, das sind nur routinefragen, die mir aber weiterhelfen können". Terry Lomes klopfte den, noch glimmenden, Resttabak aus seiner Pfeife in einen Kristallglas Aschenbecher, stand auf und ging nachdenklich zu Miss Leika. „Nordamerika, Europa und Australien, Miss Leika, auf diese Kontinente sollten sie sich konzentrieren". „Wie kommen sie auf Europa und Australien?" wollte Miss Leika wissen.

„Weil Egbert bis vor kurzem in Australien war und sehr erschöpft zurückkam".
„Mister Lomes, sie vermuten doch nicht etwa, dass Egbert etwas mit der Geistergans zu tun hat? Das ist doch absurd, Mister Lomes, der wäre doch selbst fast von einem Giftpfeil getroffen worden". „Es könnte doch sein, dass er die Pflanzen für einen Kunden besorgt hat, meinte Sam Sänger, der ein Buch über die tödlichsten Gifte Nordamerikas in den Händen hielt. Terry Lomes nickte kurz.
„Miss Leika, wenn ich mich recht entsinne, ist die Buntblättrige Prärienessel eine der giftigsten Pflanzen auf diesem Kontinent".
„Ja, Mister Lomes". Sie zählt dort zu den drei giftigsten Pflanzen. Sam Sänger blätterte im Buch." Mister Lomes, hier steht, dass das Gift innerhalb von Sekunden tötet. „Damit hätten wir einen Indikator, denn die Grafen starben binnen Sekunden", sagte Terry Lomes und erzählte den beiden, was Doktor Watts und er bei der Untersuchung der Leichen der Grafen herausfanden". „Miss Leika, wenn wir Glück haben, und das hoffe ich, haben wir das erste Gift gefunden". Ja, wenn, Sam erwiderte

Miss Leika und machte sich an die Arbeit. „Würden sie mich bitte über etwaige Fortschritte unterrichten, Miss Leika"? „Selbstverständlich, Mister Lomes.

Eine Kommissarin verschwindet

Luther hielt das Automobil direkt vor dem Eingang des Badischen Polizeipräsidiums in Karlsruhe an. „Danke Luther, dass sie mich hergefahren haben." „Gern geschehen, Frau Kommissarin". Die Kommissarin stieg aus dem Automobil und verabschiedete sich von Luther und betrat das Gebäude. Sie ging in den dritten Stock, wo sie ihr Büro hatte. Doch bevor sie ihr Büro betrat, steuerte sie die Räumlichkeiten ihres Kollegen Jasper Hansen an. Der schwarzweiße Kater saß an seinem Schreibtisch und brütete über einem Stapel Akten. „Hallo Erika, schön dich zu sehen, sagte er erfreut, als er die Kommissarin sah. „Hallo Jasper, grüßte sie zurück. „Was macht dein Fall in Forchheim"? wollte er wissen. „Deswegen bin ich hier. Ich muss ein paar Spuren nachgehen.

Du könntest mir helfen, wenn du Zeit hast".
„Immer gerne, lenkt ein wenig vom Bürokram ab. Was kann ich für dich tun?" Du kennst doch von deinem letzten Fall die großen Lieferanten für Magier und Illusionisten."
„Ja, was willst du wissen? "Ich hätte gerne gewusst, wer in den letzten sechs Monaten große Mengen künstlichen Nebel verkauft hat und an wen er dieses Zeug verkauft hat."
„Ich denke, zwei Stunden werde ich schon brauchen. Ich bringe es dir dann rüber in dein „Büro". Danke dir Jasper. Ich werde in der Zwischenzeit einer anderen Spur nachgehen. Mal schauen, ob mein Telefon noch geht", sagte sie scherzhaft. Die Kommissarin setzte sich an ihren Schreibtisch, atmete tief durch, nahm den Telefonhörer in die Hand und rief im Hauptsitz von Interpol Deutschland an.
„Ja, hier Kommissarin Colombo, würden sie mich bitte mit Kommissarin Bäckmann von der Wirtschaftskriminalität verbinden?"
Kurze Zeit später wurde am anderen Ende abgenommen. „Bäckmann am Apparat".
„Hallo Gudrun, Erika hier." „Hallo Erika, schön dich zu hören. Wie geht es dir?

„Ich habe einen Fall, der mir schlaflose Nächte bereitet, aber ansonsten kann ich mich nicht beklagen." „Und bei dir, alles gut?"
„Stell dir vor Erika, ich werde nach London versetzt. „Nach London, was machst du in London?" „Die bauen dort eine neue Abteilung für weltweite Bandenkriminalität auf und ich bekomme eine eigene Abteilung.
„Ich nehme an, du wirst dann mindestens Hauptkommissarin, Gudrun"?
„Spezial Commander, Erika. Das sind zwei Ränge über dem Spezialagenten."
„Das hört sich spannend an Gudrun.
„Da hast du wohl recht, Erika. „So und jetzt zu dir. „Was kann ich für dich tun, Erika?"
„Ist bei euch in letzter Zeit eine Im und Export Firma aus Karlsruhe oder Umgebung auffällig geworden. „Hast du eine bestimmte Firma, nach der ich suchen soll?" Ja, ich denke schon. Egbert von Forchheim, Im und Export.
„Warte kurz, Erika, ich schau mal nach, sagte die Rottweiler Hündin und stand auf.
Ich hoffe, ich irre mich, denn sonst muss ich Ermittlungen gegen Egbert einleiten und das würde mir sehr schwerfallen, dachte die Kommissarin.

Einige Minuten später meldete sich Kommissarin Bäckmann am anderen Ende der Telefonleitung wieder. „Erika, bei dieser Firma hat sich ganz schön was angesammelt. "
„Die Akte ist in den letzten beiden Jahren rasant angewachsen. „Schmuggel, diverse Delikte im Zusammenhang mit Diebstählen, Hehlerei und etliches mehr. „Leider konnte man bisher den Kopf der Bande nicht dingfest machen. Dieser Egbert von Forchheim scheint gefährlich zu sein. „Pass bitte auf dich auf.
„Mach ich Gudrun und danke für deine Hilfe, bis bald. Kommissarin Colombo lehnte sich zurück und atmete tief ein und aus. Kommissar Jasper Hansen betrat das Büro. „Sämtliche Lieferungen in den letzten zwei Monaten wurden gestohlen. „Wo wurden sie gestohlen?" Alle im Karlsruher Rheinhafen, das kann kein Zufall sein, Erika." „Wer hat denn die ganzen Lieferungen bestellt?"
„Eine Firma mit Namen Egbert von Forchheim Im und Export. Moment mal Erika, bist du nicht mit den Mordfällen an den beiden Grafen von Forchheim beauftragt worden?"
„Ja Jasper und dieser Egbert ist der älteste Sohn von Graf Ferdinand."

„Weißt du was, Erika? Wir gehen Essen und du erzählst mir alles!" „Gute Idee Jasper, ich habe nämlich seit dem Frühstück nichts mehr gegessen." „Ich bin gleich wieder da Erika, sagte Jasper, holte sein Jackett, ging zurück ins Büro der Kommissarin und fand es leer vor." Der Stuhl lag auf dem Boden, ein paar Akten lagen daneben, Handtasche und Jacke waren unter dem Stuhl begraben.
Kommissar Hansen suchte das ganze Gebäude ab, doch von der Kommissarin fehlte jede Spur. Draußen wurde es mittlerweile dunkel. Kommissar Hansen beschloss, jetzt nicht nach Forchheim zu fahren, denn es würde keinen Sinn machen, bei Dunkelheit nach ihr zu suchen. Er ging zu seinem Vorgesetzten und man beschloss, am nächsten Morgen nach Forchheim zu fahren. Vertiefen sie sich in den Fall der Kommissarin, vielleicht finden sie dort Antworten, Jasper, wer Kommissarin Colombo Entführt hat und wieso. Kommissar Hansen nickte kurz und verließ das Büro seines Chefs. Er holte sich zwei Tassen Kaffee, ging in sein Büro, setzte sich an seinen Schreibtisch und begann zu telefonieren.

Nachtschicht und Belagerung

Nachdem Miss Leika und Sam Sänger das Gift der buntblättrigen Prärienessel isoliert hatten machten sie sich auf, die verschiedensten australischen Pflanzengifte zu testen.
„Da sitzen wir die ganze Nacht dran, Sam".
„Ich fürchte, da haben sie recht, Miss Leika".
Sam Sänger schaute aus dem Fenster.
„Es wird langsam dunkel, meinte er.
„Sam, ich hoffe, die Geistergans taucht heute Nacht nicht auf und wir können in Ruhe arbeiten". „Ich auch, Miss Leika, ich auch.
Terry Lomes saß mit Doktor Watts, Marie und Justus von Forchheim im Salon.
„Mister Lomes, was machen wir, wenn die Geistergans heute Nacht erneut auftaucht?", fragte Marie von Forchheim und die Angst war ihr anzusehen. „Wir werden uns darauf vorbereiten, liebe Marie", antwortete Terry Lomes zwischen zwei Zügen an seiner Pfeife. Er und Doktor Watts waren die Ruhe in Person. „Ihre Ruhe ist bewundernswert", sagte Justus von Forchheim an Terry Lomes und Doktor Watts gerichtet. „Haben sie beide denn keine Angst?"

„Angst können wir uns im Moment nicht leisten, mein lieber", entgegnete der Doktor. „Wenn wir kopflos reagieren, machen wir Fehler und die könnten tödlich enden."
„Sie haben ja recht, Doktor", sagte Justus von Forchheim, der nachdenklich wirkte.
„Was hast du, Justus?" fragte Marie.
„Alles gut Schwesterherz, antwortete er, stand auf und verließ den Salon.
„Marie, welcher Tätigkeit geht Justus denn nach? „Sie meinen Beruflich, Mister Lomes? „Ja, Marie. „Er hat Rechtwissenschaft studiert und vor vier Jahren ein Studium der Botanik mit Schwerpunkt auf Einheimische und Exotische Giftpflanzen und deren möglichen Heilwirkung für Tiere begonnen, das demnächst abgeschlossen sein dürfte.
Doktor Watts schaute Terry Lomes fragend an. „Ich nehme an, er war des Öfteren zu Studienzwecken im Ausland, Marie?"
„Ja, Mister Lomes. „Er war unter anderem in Nord und Südamerika, in Australien und im Orient. „Warum fragen sie?" „Um ein Bild ihrer Familie zu bekommen, Marie, sagte Terry Lomes und stand auf.

Er ging zum Fenster und sah, das Luther die Einfahrt hochgefahren kam. Ich komme gleich wieder, sagte Terry Lomes und verließ den Salon. „Was hat Mister Lomes plötzlich, Doktor Watts?". „Ich nehme an, er wird mit den Vorbereitungen beginnen, die notwendig sind, damit wir, falls die Geistergans uns heute einen Besuch abstattet, das irgendwie überleben, Marie". „Haben sie denn einen Plan, Doktor Watts? „Davon können sie ausgehen, Marie".
Terry Lomes ging zu Luther. „Kann ich etwas für sie tun, Mister Lomes? „In der Tat, Luther. „Hat Graf Ferdinand alle Bediensteten die sich im Moment in Diensten der Familie befinden, eingestellt? Luther überlegte kurz. Alle, bis auf Peter, den hat Egbert, Entschuldigung bitte, Graf Egbert, erst kürzlich eingestellt. „Ich nehme an, nachdem Graf Ferdinand getötet wurde?" „Ja, Mister Lomes. „Wenn sie mich fragen, ist das ein komischer Kauz. „War er letzte Nacht auch im Haus, als die Geistergans auftauchte?" „Ja, er hat ein Zimmer hier im Haus." „Könnten sie ihn mir bitte zeigen, Luther. „Ja, das ist der, der gerade zu uns kommt."

Peter war ein Schäferhund mittleren Alters und hatte etwas Zwielichtes an sich.
Peter kam direkt auf Luther zu. „Wenn sie erlauben, Luther, würde ich jetzt gerne Feierabend machen. Meine Schicht ist nämlich vorbei." „Wenn sie noch weg möchten, muss ich sie darauf aufmerksam machen, dass wir das Eingangstor in einer Stunde schließen werden."
„Nein Luther, ich gehe heute nicht mehr fort. Ich werde auf mein Zimmer gehen und dortbleiben", sagte Peter und ging ins Haus zurück. „Komisch, heute Mittag sagte er zu mir, dass er heute Nacht nicht im Hause wäre, sondern außerhalb nächtigen würde."
„Hat sein Zimmer ein Fenster, Luther?"
„Ja, aber ein sehr kleines. Da kommt nicht mal ein Kind raus oder rein."
„Luther, könnten sie zwei kräftige Männer in der Nähe seiner Tür postieren, die ihn, wenn es nötig sein sollte, überwältigen und fesseln können? „Luther nickte. „Sie trauen ihm auch nicht, Mister Lomes." „Richtig Luther, ich traue ihm auch nicht. So und jetzt sollten wir Vorbereitungen für die heutige Nacht treffen, Luther".

„Glauben sie, dass die Geistergans heute Nacht wieder auftaucht?"
„Irgendwie habe ich ein ungutes Gefühl, Luther. Wir sollten auf jeden Fall gut vorbereitet sein." Auf dem Weg in den Salon, begegnete Terry Lomes, Doktor Watts und Marie von Forchheim. „Lomes, Justus ist verschwunden. Wir haben ihn im ganze Haus suchen lassen, leider ohne Erfolg. „Marie, nutzt er einen Raum im Haus als Labor?", fragte Terry Lomes. „Nein, Mister Lomes. „Könnte ich bitte einen Blick in sein Zimmer werfen, Marie?" „Selbstverständlich, Mister Lomes. Wenn sie mir bitte folgen würden. Kurz darauf standen sie vor der Tür, die leider verschlossen war. Terry Lomes holte seinen Dietrich aus der Innentasche seines beigen Jacketts und öffnete die Tür. „Marie, würden sie bitte Miss Leika holen, das sollte sie sich mal anschauen." Marie nickte und ging. „Watts, das ist ein komplett eingerichtetes Labor. Richtig Lomes und das ist schon sehr verdächtig". Kurz darauf standen Miss Leika und Sam Sänger neben Terry Lomes und Doktor Watts.

Sie schaute sich im Zimmer um.
„Mister Lomes, dieser Justus ist entweder auf der Suche nach einem Gegengift oder hat es selbst entwickelt. Wenn sie mich fragen, Mister Lomes, sucht er ein Gegengift, ich kann mich aber auch irren". Martin kam winkend auf sie zugelaufen. „Mister Lomes, im Bereich des Einfahrtstores hat sich eine junge Dame versteckt. „Danke Martin. „Watts, Sie, Luther und meine Wenigkeit, werden der Dame einen Besuch abstatten. „Sie, Miss Leika, werden mit Sam auf Marie achtgeben und sich mal näher mit dem Inhalt des Zimmers beschäftigen. „Vielleicht finden sie ja etwas, das ihnen weiterhilft".
Terry Lomes lief gemütlich Richtung des Einfahrtstores, sah die junge Dame hinter einem Rhododendronbusch kauern und ging auf sie zu. Als sie ihn näherkommen sah, wollte sie fliehen, lief aber Doktor Watts und Luther in die Arme. „Weglaufen hat keinen Sinn, sagte Terry Lomes gelassen. „Dürfte ich fragen, was sie hier machen"?
„Ich warte auf Justus, antwortete die weiße Pudeldame, die ein rotes Kostüm trug.

„Der ist im Moment nicht auffindbar, sagte Terry Lomes. „Was soll das bedeuten"? fragte die Pudeldame nervös. „Mein Name ist Terry Lomes, das sind Doktor Watts und Luther. „Wir sind hier, um die Familie von Justus zu beschützen. „Ich nehme an, das hat er ihnen sicherlich erzählt? Ein Nicken war die Antwort. „Mein Name ist Agnes Meier. „Ich bin die Verlobte von Justus. „Er hat mich gebeten, ihm eine bestimmte Pflanze zu besorgen, da er nicht wegkonnte.
„Haben Sie sie dabei? „fragte Doktor Watts." Ja, antwortete Agnes Meier und deutete mit der rechten Hand auf ihre Handtasche. „Dann sollten wir das Tor schließen und uns auf den Weg ins Herrenhaus machen, denn es wird langsam dunkel, sagte Terry Lomes. „Mister Lomes, warum ist Justus nicht auffindbar, er wollte doch auf keinen Fall fortgehen, das verstehe ich nicht. „Diese Frage kann ich ihnen im Moment leider nicht beantworten, Frau Meier. „Wissen sie vielleicht, was Justus mit der Pflanze wollte, Frau Meier? „Er sagte, dass er vermutet, dass die Morde an den beiden Grafen mit einem,

ihm unbekannten Gift, begangen wurden.
„Hatte er eine Vermutung, wer für die Morde verantwortlich sein könnte?" „Nein, Mister Lomes. „Wusste Egbert, dass er an einem Gegengift arbeitete? „Ja, und Egbert war froh darüber, denn er hatte Angst, wie alle, dass die Geistergans ihn töten könnte.
Kurze Zeit später, betraten sie das Haus. „Luther, würden sie bitte Marie und Miss Leika holen? Selbstverständlich antwortete Luther und ging. „Sind sie schon lange mit Justus Verlobt? „Seit ein paar Monaten, Mister Lomes. „Warum fragen sie? „Neugierde, Frau Meier, reine Neugierde. Luther kam mit Marie und Miss Leika in den Salon. „Marie, kennen sie diese Dame? „Nein, Mister Lomes. „Sollte ich sie kennen? „Marie, sie behauptet, dass sie die Verlobte von Justus sei. „Justus ist meines Wissens nicht verlobt, Mister Lomes. „Er hat es keinem erzählt, weil er Angst hatte, dass sein Vater etwas gegen unsere Beziehung haben könnte, sagte Agnes Meier, der die Nervosität deutlich anzusehen war. „Bitte glauben sie mir, Marie. Terry Lomes schaute Miss Leika an.

Miss Leika nickte kurz. „Miss Leika, würden sie sich bitte um Frau Meier kümmern und sich mal die Pflanze anschauen, die sie mitgebracht hat. „Selbstverständlich, Mister Lomes. „Wenn sie uns bitte folgen würden, Frau Meier. „Nennen sie mich bitte Agnes, Miss Leika. „Watts, wir werden uns um die Schutzmaßnahmen kümmern, bevor die Geistergans hier auftaucht und wir ihr nichts Entgegenzusetzen haben. „Kann ich helfen?" fragte Luther. „Aber sicher, ohne ihre Hilfe würden wir zu lange brauchen, sagte Doktor Watts. Zwei Stunden später wurde es dunkel. „Gerade noch rechtzeitig, Watts. „Lomes, ich werde eine Kleinigkeit essen, bevor die Geistergans auftaucht. „Gute Idee, Watts, mit leerem Magen kämpft es sich schlecht.

Zwei Gestalten rannten den Weg, der zur Einfahrt führte, entlang. „Schau mal, da kommt die Geistergans. „Sag mal, fliegt die wirklich? „Wenn du so weitertrödelst, wirst du es schneller feststellen, als es dir lieb ist. „Hast du den Schlüssel dabei. „Sag mal, was denkst du von mir. „Nur das Beste, meine liebe.

Sie kletterten über das Einfahrtstor und liefen zum hinterem Teil des Herrenhausen.
„Sie schaut schon imposant aus, das muss man schon zugeben. Hörst du ihr Gelächter, das klingt wirklich gruselig". „Wenn du sie Analysieren willst, wäre das der Falsche Zeitpunkt, meine liebe. „Du wieder, ehrlich. Sie schlichen unerkannt zu einer Kellertür und öffneten sie mit einem Schlüssel, schoben die Gusseiserne Tür einen Spalt auf, zwängten sich hindurch, schoben sie wieder zu und schlossen ab. „Puh, ist die schwer, da kommt ohne Schlüssel niemand rein. „Wo du recht hast, hast du recht, Schwesterherz. „So und jetzt zu Teil zwei unseres Planes. „Geh du vor, ich folge dir.

Als es langsam dunkel wurde, war allen im Herrenhaus die Anspannung deutlich anzusehen. Das Haus war eine Festung. Die Fensterläden und Türen waren dreifach gesichert, da war von außen, im Normalfall, keine Möglichkeit gegeben, ins Haus zu gelangen. Die einzige Schwachstelle, die es gab, war die Tür im Salon, die in den Park

hinaus führte und das wollte Terry Lomes genauso. Als es dunkel war, hörten sie ein Rumpeln, das von oben kam. „Ich gehe kurz nach oben, sagte Luther und war auch schon weg. Drei Minuten später war er wieder zurück. „Mister Lomes, sie hatten recht. „Peter hat versucht, im ersten Stock ein Fenster zu öffnen. „Es blieb beim Versuch. „Jetzt liegt er gefesselt und bewusstlos auf dem Gangboden." Doktor Watts schaute durch die Salon Tür. „Der Nebel kommt, Lomes. „Dann geht es gleich los, Watts. Kurz darauf ertönte das irre Gelächter. „Lichter löschen, sagte Terry Lomes und es wurde dunkel im Salon. Draußen wurde das grünliche Schimmern und die rotglühenden Augen der Geistergans sichtbar und ihre Stimme erklang drohend wie Donnergrollen. „Heute Nacht werdet ihr alle sterben. Ich werde mir einem nach dem anderen holen und es gibt kein Entrinnen!" rief sie und ließ ihr irres Gelächter erschallen.
„Das sind doch alles leere Drohungen, nichts als leere Drohungen, komm doch rein, wenn du kannst", schrie ihr Terry Lomes entgegen.

Die ersten Pfeile flogen durch die Scheibe der Salon Tür, trafen aber niemanden. „Watts, wie viele Schatten haben sie gezählt? „Sechs, Lomes und sie? „Vier, nein, sechs, könnten aber auch sieben oder acht sein. „Ist schwer zu sagen, da sie sich ständig bewegen. „Eigenartig Lomes, bei mir bewegen sie sich nicht. „Das werden die Bogenschützen sein, Watts. „Da könnten sie recht haben, Lomes. Die nächsten Pfeile flogen in den Salon, verfehlten aber allesamt ihr Ziel. Dann kamen zwei Schatten durch die Glasscheibe der Salon Tür, blieben kurz stehen, schauten sich um, sahen Terry Lomes und stürzten sich mit gezückten Schwertern auf ihn. Terry Lomes sprang den ersten Schatten an, riss ihn zu Boden und schlug ihn mit seinem Schwertknauf Bewusstlos.
Der zweite Schatten bekam einen Pfeil von Doktor Watts in die Brust und starb.
Terry Lomes zog dem Schatten die schwarze Kapuze vom Kopf fesselte ihn und zog ihn, gemeinsam mit Luther, in den Gang.
Die Geistergans schickte zwei weitere Schatten in den Salon, die beide von Pfeilen

niedergestreckt wurden. Die Geistergans tobte und schrie. „Offensichtlich gehen ihr die Ideen aus, meinte Luther. „Damit war zu rechnen, Luther, antwortete Terry Lomes angespannt. Pfeilhagel auf Pfeilhagel flog in den Salon, blieben aber erfolglos, da sich Terry Lomes, der Doktor und Luther in den Gang zurückzogen und abwarteten.

„Agnes, würden sie mir bitte die Pflanze geben, die sie Justus bringen sollten. „Selbstverständlich, Miss Leika, sagte Agnes, öffnete ihre Handtasche, holte die Pflanze raus und gab sie Miss Leika. „Das ist eine Badische Moorlilie, Miss Leika, meinte Agnes. „Welche heilenden Eigenschaften hat sie, Agnes, fragte Sam Sänger? „Das weiß ich nicht, da bin ich überfragt, ist nicht mein Fachgebiet. „Agnes, wie lange sind sie schon mit meinem Bruder verlobt? „Seit etwa drei Monaten, Marie. „Eigenartig, er hat nie etwas von einer Verlobung erwähnt, Agnes. „Ich fand es auch nicht gut, Marie, aber er sagte, dass sein Vater etwas dagegen haben könnte, und das musste ich akzeptieren.

Miss Leika gab Sam Sänger die Moorlilie. „Schauen sie bitte mal im Buch für Deutsche Moorpflanzen nach, Sam und geben mir dann bescheid. Ein Nicken war die Antwort.
Miss Leika schaute sich die mitgebrachten Reagenzgläser aus Justus Zimmer an und schüttelte mit dem Kopf. Draußen ertönte das irre Gelächter der Geistergans.
Dann überschlugen sich die Ereignisse im Zimmer. Agnes hatte plötzlich einen Dolch in der Hand und hielt ihn Marie an den Hals. „Ich nehme an, er ist vergiftet, fragte Miss Leika"? „Ja, antwortete Agnes. Tür aufmachen Sam, schrie sie, sichtlich erregt. Miss Leika nickte kurz und Sam Sänger öffnete die Tür widerwillig.

Zwei Gestalten huschten den Gang entlang und stoppten abrupt, als eine Tür geöffnet wurde und zwei Frauen aus dem Zimmer traten. „Ist die mit dem Dolch in der Hand nicht Amelie Rose, Cora? „Da hast du wohl recht, Sina. „Was machen wir jetzt, Cora? „Sie unschädlich machen Schwesterherz, was sonst. „Nicht vergessen, Miss Leika, der Dolch ist vergiftet, sagte Amelie Rose und lachte dabei. „Und wir, meine liebe Marie, werden die Geistergans aufsuchen, sie freut sich schon, deine Bekanntschaft zu machen. Amelie Rose drehte sich mit Marie nach links, ging zwei Schritte und blieb erstaunt stehen. „Die Agentenschwestern, sagte sie und schüttelte mit dem Kopf. „Was macht ihr hier? „Wir, Amelie? „Wir helfen einem Freund, der uns gebeten hat, ihm bei einem mörderischem Problem zu helfen. „Ich nehme an, du bist ein Teil dieses Problems, Amelie? „So könnte man es ausdrücken, Cora. „Wenn ihr zwei versuchen solltet, mich aufhalten zu wollen, stirbt Marie. „Amelie, die Geistergans wird sie so oder so töten. „Wo du recht hast, Sina, hast du recht, entgegnete Amelie Rose. In der Zwischenzeit war Miss Leika bis auf drei Meter an Amelie Rose herangeschlichen, nutzte den Moment und sprang. Sie schlug mit dem Schwertknauf auf das rechte Schlüsselbein von Amelie Rose, die schmerzerfüllt aufschrie und den Dolch fallen ließ. Miss Leika packte Marie am Arm, stieß sie weg und schlug Amelie Rose mit der

Faust ins Gesicht. Im nächsten Moment standen die Agentenschwestern hinter Amelie Rose, warfen sie zu Boden und fesselten sie. Miss Leika ging ins Zimmer, schaute sich kurz um, sah das Reagenzglas mit dem Narkotikum und träufelte fünf Tropfen davon in den Mund von Amelie Rose, die sofort aufhörte zu schreien und einschlief. „Sina, Cora, gut, dass ihr da seid, sagte Marie mit zittriger Stimme. „Miss Leika, das sind Sina und Cora Sahr. „Sie Arbeiten für Interpol Deutschland. „Aber, was macht ihr hier? „Ich dachte, dass ihr in Frankreich Urlaub macht. „Cora war in Frankreich, Justus und ich arbeiteten seit ein paar Tagen an einem Gegengift, hatten aber noch keinen Durchbruch. „Weißt du, wo mein Bruder ist, Sina? „Ich dachte, er wäre hier, Marie. „Wir hatten heute kurz miteinander telefoniert und da gab er mir deutlich zu verstehen, dass ich mit Cora herkommen sollte. „Agentin Sahr, wie weit waren sie mit dem Gegengift? „Die Trägersubstanz fehlt uns noch, Miss Leika. „Ich denke, wir sollten unser Wissen austauschen, vielleicht haben wir dann, dass nötige Glück, das wir sicherlich brauchen.

Terry Lomes schoss zwei Pfeile in die Dunkelheit und wartete auf den nächsten Pfeilhagel, der nicht lange aus sich warten ließ. Kurz darauf kamen drei Schatten durch die Salon Tür und griffen sofort Terry Lomes an, der sich zu Boden fallen ließ, einen Dolch zog und dem ersten Schatten damit in den Oberschenkel stach. Der Schatten taumelte zurück und riss den Schatten hinter sich um. Der dritte Schatten bekam einen Pfeil von Luther in die Brust und sank zu Boden.
Der zweite Schatten stand auf und stellte sich Doktor Watts zum Kampf, der ihn sofort mit gezücktem Schwert attackierte, ihn mit gezielten Schwerthieben Richtung Luther trieb und dann mit seinem Schwertknauf ins Reich der Träume schickte. Sie fesselten den Schatten und legten ihn neben den anderen. In der Zwischenzeit schlug Terry Lomes dem ersten Schatten seine Faust ins Gesicht und fesselte ihn, ließ den Schatten aber mitten im Raum liegen. Terry Lomes suchte Schutz hinter einem Schrank, denn der nächste Pfeilhagel ließ nicht lange auf sich warten.
„Der Geistergans gehen bald die Schatten aus, Doktor.

„Da gebe ich ihnen recht, Luther.
Terry Lomes schickte zwei Pfeile in die Dunkelheit und hörte von draußen einen Schmerzensschrei. Die Geistergans tobte wie wild. „Ich werde euch alle töten, wenn nicht jetzt, dann ein anderes Mal, schrie sie und ließ den nächsten Pfeilhagel folgen.
Terry Lomes, Doktor Watts und Luther, schickten vereinzelt Pfeile in die Dunkelheit, die aber ohne Wirkung blieben. „Hoffentlich wird es bald hell, meinte Luther. „Ich fürchte, dass wir noch etliche Stunden Dunkelheit vor uns haben, Luther, entgegnete Doktor Watts.
Terry Lomes nutzte die kurze Pause zwischen zwei Pfeilhageln und robbte in den Gang zurück. „Hoffentlich findet Miss Leika das Gegengift, Watts, sagte Terry Lomes und schickte zwei Pfeile in die Dunkelheit.
Von draußen hörte man einen Schrei und die Geistergans verstummte. Es flog kein Pfeil mehr in den Salon und es kehrte Ruhe ein.
„Vielleicht haben sie die Geistergans getroffen, Lomes. „Glaube ich nicht, Watts.
„Es wäre doch möglich, dass sie gegangen ist, meinte Luther.

In den nächsten Zehn Minuten blieb es ruhig. „Ich gehe mal in die Küche und hole mir eine Kleinigkeit zum Essen, Lomes, sagte Doktor Watts, drehte sich um, sah den Schatten, spannte seinen Bogen und entließ einen Pfeil, der den Schatten in die Brust traf.
Dann tauchte das grünliche Schimmern am Ende des Ganges auf und die Geistergans entließ ihr irres Gelächter, das im ganzen Herrenhaus zu hören war. „Ihr seid des Todes, schrie sie und rannte, geschützt durch vier Schatten, los. Terry Lomes und Doktor Watts stellten sich den Schatten zum Kampf.
Doktor Watts schlug dem ersten Schatten seine Faust ins Gesicht und trat ihn in den Bauch. Der Schatten taumelte zurück und fiel in das Schwert des Schattens, der hinter ihm lief. Die Geistergans schlug mit ihren giftigen Krallen nach dem Doktor, der gerade noch zurückweichen konnte, dabei stolperte und zu Boden fiel. Ein Schatten stürzte sich auf ihn und versuchte ihn, mit einem Dolch zu töten. Doktor Watts schlug ihm den Dolch aus der Hand und spürte den Schmerz, dann landete seine Faust, am Kinn des Schattens und der

Schatten sank in sich zusammen.
Terry Lomes kämpfte gegen zwei Schatten, die zum Glück nicht gut ausgebildet waren. Den ersten Schatten streckte er mit einem Schwerthieb nieder, der zweite Schatten bekam seine Faust zu spüren und fiel zu Boden. Die Geistergans schlug mit ihren Giftkrallen um sich und lies ihr irres Gelächter ertönen. Im nächsten Moment kamen sechs Schatten den Gang entlang gerannt und die Geistergans begann zu triumphieren.
Jetzt werdet ihr sterben und niemand kann es verhindern, schrie sie. „Das sind zu viel, dachte Terry Lomes, da flogen drei Pfeile und streckten drei Schatten nieder. Terry Lomes drehte sich um und sah Miss Leika, die neben zwei Damen stand, die er nicht kannte.
„Die Einzige, die jetzt sterben wird, bist du, rief Miss Leika der Geistergans entgegen.
Die Geistergans drehte sich um und rannte, gefolgt von den letzten drei Schatten den Gang entlang. Miss Leika und die Agentinnen hefteten sich an ihre Fersen. Terry Lomes und Doktor Watts gingen in den Salon zurück, schlichen zur Salon Tür, betraten den Park

und schauten sich vorsichtig um.
Die Geistergans rannte, gefolgt von drei Schatten, Richtung Auffahrt. „Sie will fliehen, Lomes. „Das werden wir verhindern, Watts, erwiderte Terry Lomes und rannte, gefolgt vom Doktor, der Geistergans entgegen, um ihr den Weg abzuschneiden. Miss Leika und die Agentenschwestern stellten sich den Schatten, die abrupt anhielten und sie mit gezückten Schwertern angriffen. Cora Sahr entging einem Schwerthieb, indem sie sich instinktiv fallen ließ, ihrem Gegner auf seine Knie schlug und ihn so zu Fall brachte.
Der Schatten schlug, am Boden liegend, mit seinem Schwert nach ihr, traf sie aber nicht. Cora Sahr wich zurück, stand auf und schlug dem Schatten sein Schwert aus der Hand. Der Schatten zog seine Kapuze vom Kopf, hielt jammernd seine Knie und ergab sich. Cora Sahr fesselte ihren Gegner und schaute sich um. Doktor Watts und Terry Lomes stellten die Geistergans und verwickelten sie in einen Kampf auf Leben und Tod.
Die Geistergans schlug mit ihren giftigen Krallen unkontrolliert um sich.

„Ich werde euch töten, schrie sie und ließ ihr irres Gelächter erschallen. Terry Lomes wich zurück, verlor das Gleichgewicht und fiel zu Boden. Die Geistergans rannte plötzlich los, wollte sich auf ihn stürzen und wurde vom Doktor, mit einem gezielten Fußtritt gegen eine alte Eiche geschleudert und verlor kurz die Orientierung. Terry Lomes nutzte den Moment und stand auf. „Ergib dich oder stirb, Geistergans, schrie er ihr entgegen.
Die Geistergans schüttelte lachend mit dem Kopf. „Du Narr, Geister kann man nicht töten, weißt du das denn nicht? schrie sie und schlug mit ihren giftigen Krallen nach Terry Lomes. Terry Lomes und Doktor Watts ließen ihre Schwerter zu Boden fallen, nahmen Pfeil und Bogen und zielten auf die Geistergans.
„Gib auf, du hast verloren, rief Doktor Watts. Die Geistergans schlug nach dem Doktor, verfehlte ihn knapp, triumphierte und ließ ihr irres Gelächter erschallen. In diesem Moment schossen Terry Lomes und Doktor Watts ihre Pfeile ab. Die Geistergans fiel getroffen zu Boden, röchelte zweimal und verstummte.
Als die letzten beiden Schatten das sahen,

warfen sie ihre Schwerter zu Boden und ergaben sich. Die Geistergans lag, grünlich schimmernd und vom Nebel umhüllt, stumm und regungslos am Boden. „Ich denke, wir schauen erst morgen früh nach, wer sich hinter der Maskerade der Geistergans verbirgt, sagte Terry Lomes. Dann ging man mit den gefesselten Schatten zum Herrenhaus zurück. Unterwegs stellte Miss Leika, Terry Lomes und dem Doktor die Agentinnen vor.
„Miss Leika, haben sie das Gegengift?
„Leider noch nicht, Mister Lomes. „Ich bin aber zuversichtlich, dass wir in kürze so weit sein werden. „Miss Leika, ich denke, dass wir gemeinsam mit den Bediensteten Speisen sollten, um die Gemüter zu beruhigen.
„Lomes, das ist eine hervorragende Idee, der ich mich sofort anschließen möchte.
„Mein lieber Doktor, für sie backe ich sogar eine Torte, sagte Miss Leika und ging mit Luther und Agentin Sina Sahr in die Küche.
„Bevor wir Speisen, Watts, sollten wir uns mit diesem Peter unterhalten, denn ich denke, dass er etwas mit dem Verschwinden von Justus zu tun hat.

Ein paar Minuten später redeten Terry Lomes und der Doktor mit Peter dem Bediensteten. „Mister Lomes, Egbert befahl mir, Justus verschwinden zu lassen. „Er sagte, dass er sich später um ihn kümmern würde. „Wo haben sie Justus hingebracht, Peter? „Ich brachte ihn auf mein Zimmer, dort liegt er gefesselt und geknebelt, Mister Lomes. Terry Lomes nickte erleichtert. Kurz darauf befreite man Justus, dem die Erleichterung deutlich anzusehen war. Auf dem Weg in den Salon, begegneten sie Miss Leika und Sina Sahr. „Mister Lomes, dank der Torte, die ich für den Doktor backen möchte, fiel mir die Lösung für das Gegengift ein. „Ich werde mich sofort mit Agentin Sahr an die Arbeit machen. „Darf ich mich ihnen anschließen, Miss Leika? „Selbstverständlich Justus. „Wo warst du denn, man hat dich im ganzen Haus gesucht? „Erzähle ich dir gleich, zuerst das Gegengift, Sina.

Zwei Stunden später saß man gemeinsam beim Essen und eine riesige Erleichterung war deutlich zu spüren.

Als dann der Tag anbrach, ging man in den Park hinaus. Die Geistergans lag leuchtend im Morgendunst.

„Bei Tageslicht und ohne diesen Nebel wirkt sie nicht mehr so angsteinflößend, meinte Marie von Forchheim. Terry Lomes nickte angespannt und näherte sich der Geistergans. Er zog ihr die Maske vom Gesicht und war erstaunt. Marie schrie kurz auf, als sie Hubert, den Dorfpolizisten erkannte. Man suchte den ganzen Park ab, konnte aber Egbert nicht finden. Eine Stunde später, kam Kommissar Jasper Hansen mit einem Trupp von zehn Polizisten durch das Einfahrtstor gefahren, hielten vor dem Herrenhaus und stiegen aus. Luther führte sie zu Terry Lomes, der gerade mit dem Doktor Pfeife rauchend im Park saß und grübelte. „Guten Morgen die Herren.
„Ich bin Kommissar Hansen von Interpol Deutschland. „Ich muss ihnen mitteilen, dass meine Kollegin Erika Colombo aus dem Polizeipräsidium in Karlsruhe entführt wurde.
„Mein Chef hat mich angewiesen, mit ihnen zusammenzuarbeiten, Mister Lomes.
„Dann lassen sie uns in den Speisesaal gehen, aber bitte keine Pfeile berühren Kommissar Hansen, denn die könnten vergiftet sein.
Der Kommissar schaute sich im Salon um.

„Sie haben wohl eine Ereignisreiche Nacht gehabt, Mister Lomes? „Könnte man so sagen, Kommissar Hansen. „Wir hatten es mit der Geistergans zu tun. „Wie haben sie das überlebt? „Der Salon ist mit Pfeilen übersät. Terry Lomes und Doktor Watts berichteten dem Kommissar von den Ereignissen der vergangenen Nacht. Dann gesellten sich die Agentenschwestern dazu und begrüßten den Kommissar. „Mister Lomes, wie es ausschaut, ist Egbert von Forchheim der Kopf der Bande, dass zumindest ergeben Kommissarin Erika Colombos Nachforschungen, die ich heute Nacht vervollständigt habe. Der Kommissar berichtete den Anwesenden von seinen Erkenntnissen. Marie und Justus, die den Worten des Kommissars lauschten, konnten es nicht glauben. Die Kommissarin entführt und ihr Bruder Egbert soll der Kopf einer Internationalen Verbrecherbande sein.

Eine schwierige Befreiungsaktion
Terry Lomes, Doktor Watts, der Kommissar und die Agentenschwestern verhörten die Gefangenen. Eine Stunde später hatten sie Erfolg.

Zwei Gefangene verrieten ihnen den genauen Standort des Verstecks der Geistergansbande. „Mitten im Moor und nur ein Zugang, der gut einzusehen ist, das wird schwierig, Lomes. „Doktor Watts, es gibt noch einen zweiten Zugang, den Egbert nicht kennt. „Justus und ich haben ihn als Kinder oft benützt, wenn wir unsere Ruhe vor Egbert wollten. Terry Lomes nickte nachdenklich. „Das ist eine sehr gute Nachricht, Marie, danke. „Gern geschehen, Doktor Watts. Miss Leika brachte die ersten zwanzig Dosen des Gegengiftes.
„Miss Leika, würden sie bitte zuerst den Doktor und mich Impfen, denn wir wollen uns die Geistergans etwas genauer anschauen. Kurz darauf gingen beide in den Park und untersuchten die Maskerade der Geistergans. „Watts, das ist nicht die Geistergans, die für den Tod der beiden Grafen verantwortlich ist. „Sehe ich genauso Lomes. „Mit diesen giftigen Krallen kann man keine Morde begehen, die so präzise ausgeführt wurden, wie die Morde an den beiden Grafen. „Richtig Watts und dieser Hubert ist zu groß. Der Doktor nickte beipflichtend. „Ein Schritt nach dem anderen, Watts.

Terry Lomes dachte nach. „Watts, ich halte es durchaus für möglich, dass die Geistergans bei der Kommissarin ist um sie selbst zu Töten.
„Dann sollten wir uns beeilen, Lomes, bevor es zu spät ist. „Watts, der geheime Weg, den Marie uns genannt hat, ist die Lösung.
„Wir bilden zwei Gruppen. „Die eine sorgt für Ablenkung, die andere schleicht sich an und befreit die Kommissarin. „Hört sich gut an, Lomes. „Dann lassen sie uns mal zurück ins Herrenhaus gehen, Watts.

Kommissarin Colombo öffnete ihre Augen und schaute in die Rotglühenden Augen der Geistergans. „Hallo Erika, nicht so schön, dich zu sehen. „Weißt du, ich hätte dich gerne am Leben gelassen, aber du warst leider auf der richtigen Spur und kamst mir zu nahe.
Die Kommissarin schüttelte langsam den Kopf. „Erwin, was ist aus dir geworden?
„Du tötest deine Familie, warum tust du so etwas grauenhaftes? „Das war notwendig, Erika, denn der Plan, den meine Frau und ich haben erfordert das eine oder andere Opfer.
„Du bist verheiratet, Erwin? „Ja Erika.

„Was ist mit Egbert, der steckt doch auch mit drin, oder? „Egbert? Erwin begann laut zu Lachen. „Den guten Egbert haben wir nur benutzt, um unseren Plan umzusetzen und unser Geschäft aufzubauen. „Er verliebte sich in die Schwester meiner Frau und wurde dadurch manipulierbar. „Seine Angebetete Helene ist auch ein Bestandteil des Plans. „Wo ist Egbert? In diesem Moment öffnete sich die Tür und eine weiße Pudeldame betrat den Raum. „Ist erledigt, Erwin. „Das Gift hat sofort gewirkt. „Habt ihr ihn wie besprochen im Moor verschwinden lassen? Ein Nicken war die Antwort. Helene drehte sich um und verließ den Raum. „Egbert ist Tod, Erika. „Seine große Liebe hat ihn getötet.
Erwin lachte wieder, dieses Mal war es das irre Gelächter der Geistergans. Die Tür öffnete sich wieder und eine braune Pudeldame betrat den Raum. „Das ist meine Frau Sonja, Erika. „Hallo Frau Kommissarin, schön, sie kennenzulernen, auch wenn es nur ein kurzes Kennenlernen sein wird.
Sonja schaute die Kommissarin an und lachte plötzlich. Es war ein irres Lachen.

„Ihr passt zusammen, Erwin, daran gibt es keinerlei Zweifel, soviel ist sicher.
„Du solltest sie demnächst töten, Liebster.
„So soll es sein, liebste Sonja. „Willst du vielleicht noch ein bisschen um Gnade flehen, Erika? „Nein Erwin. „Keine Angst vor dem nahenden Tod, Erika? „Selbstverständlich habe ich Angst, Erwin aber um mein Leben betteln, oh nein, das wirst du nicht erleben. „Mut hat sie ja, sagte Sonja. „Hat Hubert seinen Auftrag erfolgreich ausgeführt, Sonja? „Er ist noch nicht zurückgekommen, Erwin. „Würdest du bitte deiner Schwester sagen, dass sie sich auf den Weg machen soll, denn der Auftrag sollte schon längst ausgeführt sein. „Liebster, ich sagte dir doch, das Amelie und Hubert damit überfordert sind und du es selbst erledigen solltest. „Du hast ja Recht, erwiderte Erwin und Sonja verließ den Raum. Erwin dachte kurz nach. „Ich denke, ich werde dich noch am Leben lassen, vielleicht benötige ich dich ja noch. Kommissarin Colombo war erleichtert. Sie dachte an Terry Lomes und hoffte, dass er, Doktor Watts und Miss Leika einen Weg finden würden, um sie zu retten.

Justus ging langsam, schaute sich ständig um und hielt plötzlich an. „Da kommt jemand sagte er und blieb stehen. Eine Frau näherte sich ihnen. Hallo, sagte die weiße Pudeldame gutgelaunt. „Kann ich ihnen helfen? „Nein, danke, erwiderte Sina Sahr. „Woher kommen sie, fragte Kommissar Hansen. „Ich? Ich gehe Spazieren. „Warum fragen Sie? „Wir suchen jemanden, antwortete der Kommissar. „Zu zehnt, muss wohl ein Verbrecher sein. „Nein, nein, ein Kind wird vermisst und die Möglichkeit besteht, dass es hier spielen wollte. „Also, ich habe kein Kind gesehen. Kommissar Hansen nickte. „Gut, dann einen schönen Tag noch, sagte der Kommissar. Kurze Zeit später verschwand die Pudeldame hinter der nächsten Biegung. „Wie weit ist es noch Egbert? „Wir sind gleich da, Cora. „Dann sollten wir uns bereitmachen, Jasper. Der Kommissar nickte sichtlich angespannt. Fünf Minuten später trafen sie auf die ersten Maskierten, die ohne Vorwarnung angriffen. Mit gezückten Schwertern stellte sich der Zehnköpfige Trupp den Angreifern entgegen und es entbrannte ein Kampf um Leben und Tod.

Marie von Forchheim ging voran. Auf dem schmalen Pfad kam man nur sehr langsam vorwärts. Ein Polizist fiel in das Moor und konnte gerade noch gerettet werden.
„Ist es noch weit, Marie? „Nein, Miss Leika. „Hinter der Hecke befindet sich das Versteck. Von weitem vernahmen sie Kampfeslärm. „Wie kommen wir durch die Hecke, Marie? „Hier durch, Mister Lomes, sagte Marie und deutete auf einen schmalen Durchlass.
„Ist er von der anderen Seite einzusehen? „Nein, Mister Lomes, er wird vom Blätterwerk verdeckt. Terry Lomes nickte und zwängte sich vorsichtig, gefolgt von Doktor Watts und vier Polizisten, durch die Hecke. Terry Lomes schaute sich um und rannte geduckt zu dem alten, halb verfallen Haus. Doktor Watts und die Polizisten folgten ihm nach und nach. Er schaute gemeinsam mit dem Doktor durch ein, vom Schmutz gekennzeichneten, Fenster. Sie sahen eine Geistergans, die sich mit der Kommissarin unterhielt. Eine Pudeldame betrat den Raum. „Wir werden angegriffen, Erwin. „Was sagst du da? „Wer greift uns an? „Wie es ausschaut, ist es die Polizei, Erwin.

„Das bedeutet, dass wir verschwinden, Sonja.
„Meine liebe Erika, du wirst jetzt leider etwas früher sterben als vorgesehen. Terry Lomes spannte seinen Bogen und wartete auf den richtigen Moment. Ein irres Gelächter erfüllte den Raum. Die Geistergans holte aus und wollte ihren giftigen Stachel in den Hals der Kommissarin rammen, die mutig ihren Kopf zurücklehnte und auf ihren Tod wartete.
Das war der Moment, in dem Terry Lomes seinen Pfeil entließ, der klirrend durch die Scheibe brach und die Geistergans traf, die von der Wucht des Pfeils zur Seite gerissen wurde, zu Boden fiel, ungläubig den Boden anstarrte und starb. Sonja schrie vor Wut und Entsetzen, zog einen Dolch und lief auf die Kommissarin zu. Du Überlebst das nicht, rief sie, wollte zustechen, bekam die Tür, die der Doktor mit Wucht öffnete, in den Rücken, stolperte über die Geistergans, fiel in ihren Dolch und starb. Der Kommissarin liefen Tränen des Glücks und der Erleichterung über ihre Wangen. „Danke, sagte sie, als man ihr die Fesseln abnahm. Marie und Miss Leika kamen in den Raum.

„Würden sie sich bitte um die Kommissarin kümmern, sagte Terry Lomes und eilte mit dem Doktor und zwei Polizisten, dem immer noch kämpfenden, Ablenkungstrupp zur Hilfe. Zehn Minuten später ergaben sich die letzten Maskierten und man ging gemeinsam zum Herrenhaus zurück. Die Erleichterung war groß, denn die tödliche Bedrohung durch die Geistergans war nun endgültig vorbei.
Im Herrenhaus herrschte reges Treiben.
Die Spurensicherung war fast fertig, man hatte die Gefangenen schon nach Karlsruhe ins Polizeipräsidium gebracht und war gerade dabei, die Toten in die Gerichtsmedizin zu fahren. Die Bediensteten räumten im Haus auf, um sich irgendwie von den Ereignissen der vergangenen Nacht abzulenken. Luther versuchte etwas Normalität auszustrahlen, was ihm aber nur bedingt gelang. Terry Lomes rief alle Bediensteten zusammen, um ihnen mitzuteilen, dass das grauenhafte Treiben der Geistergans ein Ende gefunden hatte.
Er berichtete auch vom Tod Graf Egberts, ließ aber wichtige Details weg. Das mitwirken des Grafen als Teil der Bande sollte noch niemand erfahren.

Dann ging Terry Lomes in Egberts Büro, um mit Sir Mortimer zu telefonieren. Danach schaute er sich in Egberts Büro um.
Miss Leika war mittlerweile mit Sam Sänger in der Küche zugange. „Das wird ein Festmahl Sam, das haben wir uns redlich verdient.
„Wo sie recht haben, Miss Leika, haben sie recht, erwiderte Sam Sänger gutgelaunt.
Der Golden Retriever war froh, dass der Spuk nun ein Ende hatte und Marie am Leben war.
Drei Stunden später saßen alle gemeinsam im Speisesaal und genossen das Festmahl.
Doktor Watts war ganz verliebt in seine Torte. „Lomes, die Torte ist fast zu schön, um sie zu Essen. „Aber nur fast, nehme ich an, Watts? „Das bedarf doch keiner Antwort Lomes, erwiderte der Doktor und tat sich zwei Stück Torte auf seinen Teller. „Sie sollten die Torte probieren Lomes, die ist ein Gedicht.
Das Telefon klingelte und Terry Lomes wurde an den Apparat gerufen. Einige Minuten später war das Gespräch beendet und Terry Lomes wirkte nachdenklich. „Was haben sie, Lomes? „Das war Sir Mortimer, Watts.
„Ich nehme an, wir haben einen neuen Fall?

„So ist es, Watts. „Müssen wir gleich fahren, Mister Lomes? fragte Miss Leika, die neben Terry Lomes saß. „Nein, wir fahren morgen Mittag, Miss Leika. „Oh, wie schade, meinte Marie traurig. Elsbeth, eine Bedienstete, die schon viele Jahre bei der Familie tätig war, tröstete Marie. Die graugetigerte Katze sah Terry Lomes an. „Wenn sie nicht gewesen wären, hätte uns die Geistergans alle getötet, Mister Lomes und dafür möchte ich ihnen danken. Terry Lomes nickte. „Elsbeth, das war unsere Aufgabe, dafür müssen sie sich nicht bedanken. Terry Lomes stand auf und ging in den Park. Er richtete sich eine Pfeife, setzte sich auf eine Bank und genoss die Ruhe. Einige Minuten später gesellte sich Doktor Watts zu ihm. „Ich hoffe, wir bleiben heute Nacht im Herrenhaus, Lomes? „Aber sicher, Watts, Marie hat uns schon zwei Zimmer richten lassen. „Das hört sich gut an, Lomes, ich bin irgendwie müde und werde mich bald zu Bett begeben. „Etwas Schlaf hätte ich auch nötig, Watts. „Was ist das für ein neuer Fall, Lomes? „Später Watts, lassen sie uns zuerst einmal die Ruhe genießen.

Abreisetag

Der Vormittag verging wie im Flug. Marie und Justus hätten am liebsten die Zeit angehalten. Nach dem gemeinsamen Mittagessen war es dann so weit. Marie hatte Tränen in den Augen. Sam Sänger nahm sie in den Arm und tröstete sie. „Sollen wir sie nicht doch zum Bahnhof begleiten, Mister Lomes? „Nein Sam, wir müssen uns jetzt schon mit dem neuen Fall beschäftigen. Sam Sänger nickte traurig. „Luther, haben sie das Gepäck von Mister Lomes und Doktor Watts aus dem Gasthof geholt. „Selbstverständlich, erwiderte Luther, stieg ins Automobil und startete es. Ein paar Minuten später fuhr man los. Am Bahnhof wartete der Zug schon und man musste sich beeilen. Miss Leika schaute aus dem Fenster und winkte Luther aus dem fahrenden Zug zu. Als die Sonne langsam unterging, lief Marie durch die Gänge des Herrenhauses. Die Angst kam zurück, die Bilder der vergangenen Tage kamen in ihr hoch. Sam Sänger kam und nahm sie in den Arm. „Brauchst du ein Beruhigungsmittel, mein Schatz?

„Nein Sam, aber wenn du mich auf mein Zimmer bringen würdest, wäre ich dir sehr dankbar. „Selbstverständlich, mein Schatz. „Du brauchst keine Angst haben, Marie, die Geistergans ist Tod, sie kann dir nichts mehr anhaben. Marie nickte lächelnd, küsste Sam auf den Mund und betrat ihr Zimmer. Sie legte sich ins Bett und schlief sofort ein. Zwei Stunden später tobte ein Gewitter über Forchheim. Blitze erhellten das Haus, der Regen prasselte gegen das Glas der Fenster und der Donner hallte durch die Gänge des Herrenhauses. Ein paar Gestalten huschten durch den Park. Sie liefen Richtung Herrenhaus und vermieden es, gesehen zu werden. Kurz darauf klopfte es zweimal an der Eingangstür. Elsbeth öffnete die Tür und schaute der Geistergans ins Gesicht. Sie trat zur Seite und ließ die Geistergans und ihre Begleiter ins Haus. „Schlafen Justus und Marie? fragte die Geistergans. „Ja, sie sind beide auf ihren Zimmern. „Gut, dann los. „Zuerst Marie und dann Justus. „Ihr wisst, was zu tun ist, sagte die Geistergans und hätte am liebsten laut gelacht.

Sie lief die Treppe langsam hoch. Nebel hüllte sie ein und ließ ihr grünliches Schimmern und die rotglühenden Augen, in dem von Blitzen erhellten Herrenhaus, noch schauriger wirken als sonst. Sie lief den Gang entlang und hielt an. Ein Schatten öffnete ihr die Tür und die Geistergans betrat das Zimmer von Marie. „Gleich wirst du sterben, Marie, sagte die Geistergans, zog die Bettdecke weg und wollte ihren Giftstachel in den Hals von Marie stechen. „Im Zimmer geirrt Egbert, sagte Terry Lomes und schlug zu. Die Geistergans taumelte, krachte gegen die Wand und warf sich auf Terry Lomes, der zwei Schritte zur Seite machte und die Geistergans ins Leere laufen ließ. „Gegen dieses Gift sind sie nicht Immun, Mister Lomes, schrie die Geistergans wütend. Terry Lomes zog sein Schwert und hielt die Geistergans auf Abstand. Währenddessen kämpften Doktor Watts Cora und Sina Sahr, Kommissarin Colombo, Kommissar Hansen und vier Polizisten gegen die Schatten. Helene riss sich ihre Maskerade vom Kopf. Jetzt wirst du sterben Kommissarin, schrie sie und stürmte wutentbrannt los.

Die Kommissarin wehrte sich verzweifelt gegen die harten Schläge ihrer Gegnerin, die wie wild auf sie eindrosch. Sie musste aufpassen, nicht von der giftigen Klinge getroffen zu werden. Terry Lomes trieb mit gezielten Schlägen die Geistergans aus dem Zimmer. Die Geistergans schlug immer wieder nach ihm. „Geben sie bitte auf, Egbert, es ist vorbei. „Nein, Mister Lomes, für sie geht es gleich zu ende, schrie die Geistergans und wollte sich auf Terry Lomes stürzen. Terry Lomes wich zurück, stolperte und fiel zu Boden. Die Geistergans entließ ihr irres Gelächter. Jetzt werden sie sterben, sagte sie, wollte sich über ihn beugen. Terry Lomes trat zu und traf die Geistergans mit voller Wucht. Die Geistergans flog rückwärts über das Treppengeländer, schlug mit dem Kopf auf und blieb regungslos liegen. Helene schrie, als sie die Geistergans regungslos am Boden liegen sah. Sie wollte sich auf Terry Lomes stürzen und bekam den Schwertknauf der Kommissarin an die Schläfe, taumelte zurück und fiel bewusstlos die Treppe hinunter. Regungslos lag sie neben der Geistergans.

Der Nebel hüllte beide ein. Die Schatten ergaben sich, als sie den Tod ihrer Anführer mitbekamen. Im nächsten Moment ging das Licht an und zwanzig Polizisten kamen ins Haus gestürmt. „Kommissar Hansen, wir haben im Park zwölf Schatten überwältigt. „Gut gemacht, erwiderte der Kommissar müde. Terry Lomes näherte sich vorsichtig der Geistergans und zog ihr die Maske vom Gesicht. Egbert schaute ihn aus toten Augen an. Dann fühlte er den Puls von Helene und schüttelte den Kopf.

Erklärungen beim Frühstück

Als es hell wurde, setzte man sich in das Speisezimmer und genoss das Frühstück. „Mister Lomes, wie kamen sie darauf, dass Egbert nicht Tod ist? „Zum einen konnte ich nicht glauben, dass Egbert auf die plumpen Machenschaften von Erwin reinfiel.
Zum anderen wollte er nicht, dass man Justus Töten wollte, denn das sah er als seine Aufgabe an. „Dann war da noch sein Tod. „Im Moor versenkt, das ist stümperhaft.

„Das Verhalten von Helene, als sie ihnen auf dem Weg ins Versteck der Bande begegnete und nicht zu vergessen, ein kleiner Teil der Gefangenen verriet das Versteck zu schnell. Das alles sind Indizien, die mir sagten, dass es noch nicht vorbei ist. „Egbert hat versucht, uns für seine Zwecke einzuspannen und das war sein Fehler. „Ich bat Sir Mortimer, sich um die Finanzen von Egbert zu kümmern und er hatte den erhofften Erfolg. Egbert hat auf verschiedenen Konten regelmäßig hohe Summen einbezahlt und ab da war ich mir sicher, dass er versuchen würde, Marie und Justus zu töten um als alleiniger Erbe alles zu bekommen. „Aber, wenn er doch schon viel Geld besaß, warum wollte er noch alles erben? Gier, übermächtige Gier, Marie.
„Wie konnte die Geistergans fliegen?
 „Drei Männer trugen wie Artisten die Geistergans auf ihren Schultern, Sina.
Sina schaute ihre Schwester Cora an.
„Siehst du Cora, genau das finde ich so faszinierend, deswegen analysiere ich gerne.
„Analysieren ist gut, aber nicht, wenn einem die Geistergans im Nacken sitzt. Ein Grinsen huschte über Sinas Boxerhündinnen Gesicht.

Abschied

Drei Tage später war es dann so weit.
Für Miss Leika, Doktor Watts und Terry Lomes kam die Zeit, die Rückreise nach London anzutreten. „Schade, dass sie schon gehen müssen, sagten Marie und Sam traurig.
„Eine gute Nachricht habe ich aber noch, bevor sie jetzt in den Zug steigen. Sam und ich werden uns demnächst verloben. „Das ist aber schön, Kindchen. „Sam pass mir bitte gut auf Marie auf, sagte Miss Leika lachend und klopfte Sam Sänger auf die Schulter.
Man verabschiedete sich voneinander und Miss Leika, Doktor Watts und Terry Lomes stiegen in den Zug, der kurz darauf abfuhr.
Marie, Sam Sänger, Luther, Justus und die Kommissarin winkten der aus dem Zugfenster schauenden Miss Leika noch nach, um sich dann auf den Rückweg zum Herrenhaus zu machen.

Ende

Impressum

© Autor: Bodo Königsmann
Umschlaggestaltung: Rebecca Schätzle
Bild Cover: Amy-Marie Schätzle
Bild Cover Terry Lomes: Cem Özcelik
TWENTYSIX
Eine Marke der Books on Demand GmbH

ISBN: 9783740727277

Herstellung und Verlag: BoD – Books on Demand, Norderstedt

Das Werk, einschließlich seiner Teile, ist urheberrechtlich geschützt. Jede Verwertung ist ohne Zustimmung des Verlags und des Autors unzulässig. Dies gilt insbesondere für die elektronische oder sonstige Vervielfältigung, Übersetzung, Verbreitung und öffentliche Zugänglichmachung.